コンビニ強盗から助けた
地味店員が、
同じクラスのうぶで可愛い
ギャルだった
3
No one cared about me, but she has.
I met her at a convenience store,
then she makes my every day more fun.
「好きにして、いいから……」
JN049456

「オレは星宮に会いたい。そして……一緒に生きたい」
黒《くろ》峰《みね》リク
高校二年生。諸事情で人生に絶望していたが、彩奈との同棲期間を経て、少し前向きに。幼馴染みだった陽乃に片想いしていた時期もあったが、今は彩奈ひと筋。
「アタシ、リクに協力する。協力者になるよ」
カナ
彩奈の親友。高校二年生。見た目はコワそうだが、中身はうぶで優しくて友達思い。彩奈とリクの事情を聞き、二人の仲を取り持つと決めたが……。

「最近、時間があれば黒峰くんのことばかり考えてる」
星《ほし》宮《みや》彩《あや》奈《な》
高校二年生。コンビニでバイト中に強盗に遭い、偶然通りかかった同級生の黒峰リクに救われる。リクに負けずに不運な体質で、放っておけないキャラ。
「大丈夫だよ、リクちゃん。私がいるからね」
春《はる》風《かぜ》陽《はる》乃《の》
高校二年生。不運なリクを常に見守り、支えてきた幼馴染。彼への気持ちに気が付き、想いを告白をするが……。リクにとっては今でも家族のように大切な存在。

「一週間考え、私はわかりました。
リクちゃんを一番喜ばせる方法は、
最高の誕生日プレゼントを
用意することだとっ!」

そう力強く言った陽乃さんは
カバンから一冊の本を取り出し、
私とカナに見えるようにテーブルに置いた。
その本を見て、私とカナは言葉を失う。
「こ、ここ、これ、これぇ……
エロ本じゃん！ エロ本じゃん陽乃！」
「そうだよエロ本だよ！」
「ざけんな！ こんなのが
誕生日プレゼントになるかよ！」
fantasia

「大好き」
「――――」
彩奈は泣きながら満面に笑みを浮かべ――
オレの胸に飛び込んできた。
それは幸せを求めることを
自分に許したなによりの証明で、
数年間止まっていたオレと彩奈の時間が
動き出した瞬間でもあった。
「彩奈……好きだ……オレも大好きだ」
「うん……うん！」
想いを確認し合い、オレたちは抱きしめ合う。
もう二度と、この温もりを
失うことはないと確信して――。

CONTENTS

# コンビニ強盗から助けた地味店員が、同じクラスのうぶで可愛いギャルだった3

あボーン

ファンタジア文庫

3261

口絵・本文イラスト　なかむら

# 一章　ぬくもり

ああ今日もいい天気だ。ぐでーっと床に寝転がり、窓から差し込む昼の陽光を浴びる。

星宮《ほしみや》は本当に優しい。オレが日中からゴロゴロしても文句を言わないし、毎日美味《おい》しいご飯を作ってくれる。ストーカー対策として星宮の家に泊まり始めたオレだが、今は野生を忘れた猫のように怠惰な日々を送っていた。

なんだか星宮のペットになった気分。さて、今日のお昼ご飯はなんだろう――――。

「ちょっと黒峰《くろみね》くん!? ダラダラしすぎじゃないかなぁ!?」

「…………え？　怒られ……た？」

「毎日ダラダラゴロゴロして！　そりゃ怒るよ！　もう！」

星宮に肩を激しく揺さぶられる。無抵抗でいると、星宮は諦めてため息をついた。

「黒峰くん、日々だらしなくなっていくよね。最初の頃は部屋の隅で申し訳なさそうに立っていたのに、今じゃあ堂々と寛《くつろ》いでるもん」

「星宮も一緒にゴロゴロしよう。楽しいぞ」

「え、えぇ？　う～ん……なんだかそれって、あれじゃない？」

「あれってなに？」

「いや、その……」

星宮は言い辛《づら》そうに口をモゴモゴさせている。恥ずかしがっているようにも見えた。

「なんだよ、はっきり言ってくれ」

「……つ、付き合ってるみたい……じゃない？」

「え？」

「だ、だから！　二人でゴロゴロするって、付き合ってるみたい……」

「そうか？」

「そうなのっ！　やっぱり黒峰くん、ちょっとズレてるよね」

「…………星宮も大概だろ」

「あたし？」

驚いたように目を丸くする星宮。予想外と言わんばかりの反応だ。

「うぶなくせに、オレを家に泊めるし」

「そ、それは……ストーカー対策としてっ！」

「本当にそれだけ？」

「…………厳密に言うと、他にも理由あります」

「男好きか」

「違うってば！　黒峰くんが――――だったから」

「オレがなに？」

「とっても、寂しそうだったから……つい」

「………」

オレに気を遣っているのだろう。星宮はオレから視線を逸《そ》らし、申し訳なさそうに体を小さくさせていた。困っている人は放っておけない性分……ということだろう。

コンビニで募金箱を見かけたら、おつりを入れるタイプだったし。道に迷っていそうな老人がいたら積極的に声をかけることもあった。

絵に描いたような優しい女の子、それが星宮彩奈《あやな》だった。

「と、ともかく！　こんな昼間からゴロゴロしてたらダメだよ！」

「………」

「聞いてるの、黒峰くん！」

精一杯に眉をつり上げて怒る星宮。なんか、かわいい。レッサーパンダが一生懸命に威嚇してるみたいなかわいらしさだ。だから、だろう。

ほんの少しだけ、困らせたくなった。

「星宮が悪いんじゃないか」

「あ、あたし？　あたしが……悪いの？」

「そうだ、星宮が悪い。オレがゴロゴロする理由は星宮にある」

「どういうことかな？」

「星宮は優しい、優しすぎる。家事を積極的にしてくれたり、オレが落ち込んだら慰めてくれたり、いつもいつも美味しいご飯を作ってくれたり。そんなことされたらさ……誰だって、ダメ人間になるだろ‼」

「ど、怒鳴られた――――」

ガーンと星宮はショックを受けた。

「オレだって本当はゴロゴロしたいわけじゃない」

「そうなんだ………」

「でもな、星宮にゴロゴロさせられているんだ。オレの意思でゴロゴロしているわけじゃない」

「あ、あぁ……あたしのせいで、黒峰くんがダメ人間に……！」

「謝ってくれ」

「…………え？」

「オレに、謝ってくれ」

もちろん冗談。星宮の困り顔を見たくて、そして怒られたくての発言だった。

しかしそこは星宮。悲しそうな表情を浮かべ、ぺこりとオレに頭を下げた。

「ごめんなさい。あたしのせいで………ごめんね、黒峰くん」

「………」

まじで謝ったよ。謝らせちゃったよ。もうオレの方が土下座して謝りたい。

重たい空気が立ち込める。星宮は本気で落ち込んでいるようで、頭を上げてくれない。

どう考えてもオレが悪いのに……。

ちょっとでも空気を変えたくて、たとえばの話をすることにした。

「なあ星宮」

「なに？」

「オレたちが本当に付き合っても………こんな感じの日々が続くのかな」

「うぇっ⁉　急になに⁉」

「さっきの話の続き。オレたち、学校では付き合ってることになってるし……家でもこんな感じだろ？　可能性で言えばゼロではないと思う。オレたちが本当に付き合う可能性」

「ぜ、ゼロだよ！　ゼロ！　あたしたちが付き合うとか、ないない！」

「……そこまで否定しなくてもよくない？」

控えめに言って、めちゃくちゃ傷ついた。

たとえばの話だとしても、拒否されたら泣きそうになる。

「そ、そのほら……黒峰くんはいいの？　あたしなんかで」

「正直、わからない」

「ええなにそれ聞いておいてー……」

非難するようにジト目を向けてくる星宮。

オレは陽乃《はるの》のことが好きだ。陽乃なしの人生は考えられない。

ただ……星宮といると、心が安らぐ。オレは星宮の家でゴロゴロしているわけだが、自分の家にいるときですら、これほど寛げることはなかった。いつも正体不明の焦燥感に襲われ、そしてなにかを忘れようと必死に陽乃のことを考えていた。

星宮の家に来てからだった、こんなにも緩やかな時間を過ごせるようになったのは。

「居心地いいよ、この家」

「そっか、家の方に懐《なつ》いちゃったんだねー」

「星宮にも懐いているぞ。美味しいご飯ありがとな……あ、お昼ご飯まだ？」

「こ、このダメ人間！　もし付き合うことになったら、今よりもたくさん家のことしても

らうから！」

「任せろ。料理から洗濯に掃除、その他諸々《もろもろ》………全部引き受けよう」

「そ、それはやりすぎかも……。ちゃんとね、支え合うことが大切だよ」

「遠慮しなくていい。毎日ご飯を食べさせてあげるだろ？　着替えさせてあげるだろ？

あと、お風呂《ふろ》のときは体も洗ってあげるからな」

「それもう介護だよ！　介護！」

「真面目な話、星宮は頑張りすぎている。もっと相手に甘えることを覚えた方がいい」

困っている人を積極的に助ける姿勢は、非常に素晴らしいことだ。

ただ星宮の場合、自分を蔑ろ《ないがし》にしているところもある気がした。

「オレにしてほしいことがあれば遠慮なく言ってくれ」

「黒峰くん………」

オレの気持ちが通じたのか、星宮は感動したようにオレの目を見つめる。

「じゃあ、さ……まずはゴロゴロするの、やめてくれる？」

「それはまた別の問題だな」

「黒峰くん⁉」

◇◇◇

「リク？」

ふと、向かいの席に座るカナから声をかけられた。意識が現実に戻り、電車の揺れを思い出す。オレは窓からの景色を眺めているうちに思い出にふけっていたらしい。

「なに？」

「リク、聞きたいことがあるんだけどさ」

「彩奈と会って……どうするの？」

「どうする、とは？」

「きっと彩奈は悩んでるよ。リクとの向き合い方がわからなくて家に帰ったんだろうし」

カナは目を伏せ、懸命に言葉を選んで喋《しゃべ》っているのがわかる。

事故が起きた原因は彩奈にあった――。

その事実からは目を逸らせない。もしオレが彩奈の立場だったら……と考えるだけでも頭の中がグジャグジャになり、息ができなくなる。自分の行動で、何人もの人が亡《な》くなった。その事実に耐えられる人間は存在するのだろうか。

「今、彩奈が一番苦しんでる。オレが会いにいかなくちゃ」

「……リクの気持ちはわかるよ。アタシは協力者になるって決めたから、リクの行動に口出しはしない。でも…………」

「でも?」

「あのとき、アタシが言ったこと……今でも間違えてるとは思わない」

「オレと彩奈は距離を置くべきって話か」

「……たぶん、アタシ以外の人もそう言うよ」

「かもな」

「二人は近づけば近づくほど、傷ついてる。アタシには……明るい未来が見えない……ごめん、嫌なこと言ってる」

謝ることはない、とオレは首を振った。カナの言うことも理解できるからだ。

それ以降、オレたちは駅に着くまで喋ることなく窓からの景色を眺めていた。

◇◇◇

彩奈の住むボロアパートに来たオレとカナは階段を上がった。あと数歩も歩けば彩奈の部屋前に到着する。一歩踏み出すたびに心臓が跳ねた。思ったより緊張する。

この調子では、まともに彩奈と話せない。

そう思ったオレは立ち止まり、ふーっと息を吐き出す。

「リク？」

「カナ。オレに気合いを入れてほしい」

「あー？　どうやって？」

「オレの背中を叩《たた》い――――」

「任せろっ！」

「はやっ――――んが‼」

バンッと背中に鈍い痛みが襲ってきた。目玉が飛び出そうな威力。

悲鳴が出そうになったが、なんとか歯を食いしばって耐えた。

い、痛い……痛すぎる。カナのやつ、本気で叩きやがった。

どうしよ涙出てきた。絶対、オレの背中にもみじが出来上がっている。

「どうよリク。協力者として、渾身《こんしん》の力で気合いを注入したからな！」

「あ、ありがと……」

苦情の一つでも入れようと思ったが、カナの清々《すがすが》しい笑みを見てやめた。

……次お願いする機会があったら、必ず手加減してもらおう。

背中の痛みで緊張が吹っ飛び、オレは躊躇《ちゅうちょ》なく足を進め――彩奈の部屋前に来た。

「ピンポン……するぞ？」

なんとなくカナに許可を得てから、呼び鈴をグッと押し込む。ピンポーンと鳴った。

十秒ほど待つが反応は返ってこない。もう一度呼び鈴を押す。

「彩奈、いないんじゃない？　アタシたちが来ることを予想して、どこかへ行ったとか」

「…………カナ？」

ドアの向こうから聞こえた弱々しい声は、たしかに彩奈のものだった。

ひゅっとカナは息を呑《の》む。オレも同じような反応をしていた。

「オレも……いるぞ」

「…………黒峰さん……」

胸がナイフで抉《えぐ》られたように痛い。前のように名前で呼んでほしい。

……あーくそ、なにを話すか決めていたのに……吹っ飛んだ。言葉が出てこない。

無機質な冷たいドアをじっと見つめてしまう。

動けないオレをフォローするためか、カナが口を開く。

「彩奈？　あの、さ……ちゃんと話がしたい。夏祭りのこともだし、いろいろと……」

「…………………ごめんね。私のせいで」

「い、いやいや！　彩奈はなにも悪くないってば！　アタシが……アタシがっ！」

「………カナと黒峰さんは……お似合いだよ」

「なに言ってんの彩奈！　リクには彩奈しかいないのに！　アタシなんかに遠慮しちゃダメだってば！」

「………遠慮とか……じゃないよ。もう…………遠慮とか、じゃないの」

ドアの向こうから聞こえる彩奈の声がどんどん掠《かす》れていく。

存在感が希薄になっていくようだ。不安に襲われる。

「彩奈、ドアを開けてほしい」

「………」

「顔を見たいんだ」

「……合わせる顔、ないよ………」

「そんなこと、ない。彩奈は――」

「私のせいだから。私のせいで、あの事故は起きたんだから」

「ちが――」

「違わないよ。事実だから」

淡々とした声で、こちらの言葉を封じられる。

ああ、なにを言っても通じない……届かない。

その確信だけはできる。もう彩奈の中で考えは固まっていた。

「ごめんなさい、黒峰さん。あなたの人生を壊してしまって…………大切な家族を奪ってしまって」

「彩奈……っ！」

「私は……最低最悪な人間なの。絶対に忘れてはいけない罪を、自分のために忘れていた。黒峰さんの前に姿を現す資格もない……」

「そうじゃない、そうじゃないだろ……彩奈。オレたちは……いや、オレたちだからこそ…………っ！」

ドアに触れ、その向こうにいる彩奈に気持ちを訴える。

もう言葉にもならない。喉に力が入りすぎて痛くなる。

あふれそうになる涙をグッと堪《こら》え、ズボンのポケットに意識をやった。

「合鍵……持ったままなんだ」

ストーカーの事件が起きた直後、彩奈の記憶の改ざんが発覚し、合鍵を返す暇がなかった。できれば彩奈の意思でドアを開けてほしかったが……今は彩奈の顔を見たい。

「リク――――」

顔を強張《こわば》らせるカナに見守られ、オレは取り出した合鍵を鍵穴に差しこむ。ゆっくり回し、ドアのカギを開けた手応えを感じた。……開けられる。

オレはドアノブを握り、ドアを開けるが――ガチンと金属の衝突音が鳴った。隙間程度にしか開けられない。ドアチェーンだ。合鍵で開けられることを予想していたのか。

「彩奈――――！」

ドアの隙間から中を覗《のぞ》くと、真っ暗な玄関に佇《たたず》む彩奈の姿が見えた。

うつむき、顔を両手で覆っている。徹底してオレに顔を見せないつもりだ。

「彩奈！」

「もう……もうやめて……ダメ……ダメなんだよ………」

「彩奈！　ドアを開けてくれ！」

言葉が届かないなら直接触れて気持ちを伝えるしかない。

せめて、優しく肩に触れるだけでも――。

オレはドアのわずかな隙間に体をねじこませ、目一杯に腕を伸ばす――――ダメだ、届かない。指先すら彩奈に触れることは叶《かな》わない。目の前にいるのに………！

「彩奈！」

「リク！　これ以上は……！」

カナがオレの肩をつかんで引き戻そうとするが、オレは気にせず手を伸ばした。

「一旦引こう！　今は……彩奈を追い詰めるだけだってば！」

「っ！」

そう言われ、一瞬だけ力が抜けた。カナに肩を引っ張られて後ろへ下がってしまう。

オレというストッパーがなくなったことで、ドアは再び閉まってしまった。

「……彩奈……」

すぐ目の前に彩奈がいるのに、なにもできない。追いかけても追いかけても彩奈はオレから離れる。追いついても、こうして一枚のドアに阻《はば》まれた。

「リク、一度落ち着ける場所に行こう」

「そうだな……」

オレとカナが廊下を歩き出したとき、門戸《もんど》さんの家のドアが開かれた。

出てきたのは当然門戸さん。いたって真剣な表情を浮かべ、オレたちを見つめてくる。

「門戸さん？」

「ちょっと、いいかな？」

遠慮がちに尋ねられ、オレは頷《うなず》く。門戸さんに招かれて家に上がると、イメージ通りに散らかった部屋を目《ま》の当たりにした。敷きっぱなしの布団《ふとん》のそばには数冊の漫画が積まれている。ゴミ袋も散乱しており、ゴキブリでも出そうな汚さだった。

オレについてきたカナも「うへーっ」と苦そうな声を漏らす。

「汚くてごめんねー。ま、適当に座ってよ」

門戸さんに促され、オレたちは床に腰を下ろす。

向かい合うように門戸さんも腰を下ろした。

「昨晩ね、彩奈ちゃんが帰ってきたんだよね。ぐすぐす泣いて」

「はい……」

「事情も本人からある程度聞いたんだけど、リクくんからも聞かせてもらえる？」

彩奈の保護者代わりである門戸さんに隠すことはない。これまでのことを簡単に説明する。門戸さんは納得したように頷いていた。

「事故の原因を……知っていたんですか？」

「知らなかったよ。知ろうともしなかった」

「…………」

普通に事故だと思ってたし、と門戸さんは付け足した。

「これは私のせいだね。目を逸《そ》らさずに……すべてを知っておくべきだった。知ろうとするべきだった。ごめんねリクくん」

「門戸さんはなにも悪くないでしょ」

「大人として、ね。私がしっかりしていれば……と思ったよ……あー、ごめん。リクくんに言うことじゃなかったね」

いつもは無駄にハイテンションの門戸さんも今度ばかりは参っている様子だった。暗い表情を浮かべ、目をキュッと細くさせている。

ただ、その態度は長く続かなかった。真剣な顔を作ると、オレの目を見据えてくる。

「リクくん。もう彩奈ちゃんと関わらないでもらえるかな」

「…………はい？」

「君たちが互いを想《おも》い合っているのはよくわかる……胸が痛いくらいにね。過去のことがなければ何事もなく幸せな道を歩めたと思うよ。でもね、今の君たちは……近づくほどに傷つけ合う関係なんだ」

「…………」

カナとまったく同じことを言っている。やはりそうだ。距離を置くのが正しい。

「加害者家族と被害者家族、その関係は――」

「門戸さん」

「……なに、かな？」

「ここでオレが彩奈から距離を置いたとして……その後は、どうなりますか？」

「っ」

「言ってください」

たっぷり時間を置いて顔を歪《ゆが》める門戸さんに、オレは容赦なく答えを求める。

「彩奈ちゃんは……自分を責めて生きるか……記憶の改ざんをするかの、二択だろうね」

「最悪の二択ですね」

「他に、ないでしょ」

門戸さんは懸命に声を絞り出す。空気が泥のようにまとわりついてきた。

「彩奈は、このアパートでずっと待っていたんですよ。亡《な》くなった両親を」

「…………」

「記憶の改ざんをして、ギャルという仮面をつけて明るく振る舞って……でも心は罪悪感を覚えていて……笑ってるのに、自覚なく心に傷を負う日々を送っていたんです」

「そう……だね」

「まだ両親は生きていると思いこんで、このアパートで独り暮らしをしていたんですよ……。これからも、彩奈にそんな人生を送らせるんですか？」

「じゃあどうすればいいの？　記憶がなくなるなら、それで――――」

「感情は消えない、消えないんですよ……。オレがここで引いて、彩奈が記憶の改ざんをしたとしても……きっとどこかで、そのツケを払うときがくる。絶対、心に限界がくる」

「それは――――ん」

門戸さんに反論はできない。オレが言っていることを理解できるからだ。

「いろいろ言いましたが、結局オレが言いたいのは一つなんです」

「なにかな？」

「彩奈のことが好きです」

「リクくん……」

「好きな人に会いたい、笑ってるところを見たい……もうほんと、それだけなんです」

以前のように彩奈と平和な日々を送りたい。それだけだった。

◇◇◇

ドアのカギを閉めてから私は玄関から一歩も動けずにいた。

しばらくしてリクくんとカナの声がドア越しに聞こえてくる。さっきまで千春《ちはる》さんの家にいたみたい。どんな話をしていたのか、ちょっとだけ予想できる。

「ちょっ！　リク！」

「あっ‼」

一瞬の悲鳴、その直後に連続した激しい落下音が響いてきた。

「うわリク！　大丈夫⁉」

さっきの激しい音とカナの慌てた声から察するに、リクくんが階段から滑り落ちたみたい。私は咄嗟《とっさ》にドアノブを握り、外に出ようとしたけれど、寸前で思いとどまる。

「…………」

姿を現す資格もない。そう言ったのは自分。

それに私が行かなくても、リクくんにはカナがいてくれるから……。

「怪我《けが》だけ……してないといいな」

私は部屋に戻る。ほとんどの荷物を添田《そえだ》さんの家に送ったので寂しい雰囲気が漂っていた。クローゼットといった最低限の家具は残しているけれど、ベッドはない。布団も添田さんの家にある。昨晩は床に寝転がり、夜を明かした。一睡もできなかった。

「私が………」

殺した。事故の原因は私だった。すべては私が悪かった。

一晩中、ずっとそのことを考えていた。

私が……私が……私が。

カーテンを開け、外の景色を眺める。

体の中が空洞になったような感覚。生きている実感さえない。

飛んでいる鳥を眺め——気づいたときには夕方になっていた。

「……あれ？　え？」

ふと気づいてしまう。

「私がいなかったら……誰も、不幸になってない……？」

私がいたから、あの事故が起きた。

リクくんの家族は亡くなった。リクくんの人生は狂った。

あの事故さえなければ、リクくんは春風《はるかぜ》さんと幸せな人生を歩んでいた。

カナだって、そう。私という存在がなければ、カナはあんなにも自己嫌悪《じこけんお》に陥ることはなかった。もっと素直な気持ちでリクくんと向き合えた。

……私のお父さんとお母さんも、死ななくてよかった。

会社をクビになったお父さんは頭を下げ続け、近所で孤立したお母さんは家で塞ぎ込んでしまった。私たちを責める電話の嵐、ネットでは死んで償えという声……。原因は私。

そのことをお父さんとお母さんはわかっていた。

――――お前が、お前のせい……っ！

今でも思い出せる、お父さんの憎悪《ぞうお》に満ちた瞳を。お母さんの無表情を。

私につかみかかろうとしたお父さんを、お母さんは止めなかった。

その翌日だった、二人が首を吊《つ》ったのは――――。

「あ……あはは………全部、全部私が悪かった」

乾いた声しか出ない。もう涙も出なかった。

膝から崩れ落ち、呆然《ぼうぜん》と事実を反芻《はんすう》する。

「私が生まれたから、みんな不幸に……。全部、私のせい」

――――死にたい。

「死ぬのは……違う」

死んだ方が楽。償うのが目的で死ぬのは許されない。罪悪感から逃げているだけ。

もっと、もっと私は苦しむべき。

「だったら、なんで私は……生まれてきたんだろ」

みんなを不幸にするために？　最低だ。

「私は……生まれちゃいけなかった……………。消えたい……消えてなくなりたい」

夕日から目を背け、私は床を見つめた。

どんどん心が沈んでいくのが自分でもわかる。

「私なんて、いなかったことに、なってほしい……」

もう嫌だ。なにも考えたくない。なにも感じたくない。

生きるのが嫌だ。誰か……誰でもいい。

私を、消して──。

…………………。

………………。

……不明瞭な現実。視界に映る床。遠く聞こえる外の騒音。

最後に私が想ったのは、やっぱりリクくんで──。

◇◇◇

今は、今だけは、なにをしてでも彩奈のそばに行くべきだと思った。

「リク！　まじで登るわけ!?」

「ああ！　なんか……すごく嫌な予感がする！」

彩奈の部屋を目指してアパートの壁をよじ登る。パイプをつかんだり柵に足をかけたりすれば、なんとかベランダまで行けそうだ。

かつて彩奈はベランダに干していたパンツがなくなったと言っていた。おそらくストーカーの仕業だと思うが、そのストーカーが登れたのならオレも登れるはず。

「っ！」

腕に張りを感じつつもベランダまで登ることに成功する。

柵を乗り越えて中に入り、荒くなった息を整えようとした——直後。

「はぁ、はぁ……………彩奈？」

ベランダの窓ガラス越しに、彩奈を見つけた。ペタンと座りこんでいる。

窓ガラスを挟んでいるとはいえオレが登ってくる音は聞こえていたはずだ。

なのに、顔を伏せ、身じろぎ一つしない。人間とは思えない異質な存在感。

——手遅れ？　そんな言葉が脳裏に浮かぶ。

「彩奈、彩奈！」

窓ガラスを叩《たた》きながら呼びかけると、錆《さ》びついたロボットのような動きで彩奈は顔を上げた。その死んだ表情を見た瞬間、心臓をつかまれた思いになる。

彩奈の目にはオレが映っているのに、オレを見ていない。

「……う……ぁ…………？」

もはや現実さえ認識していないのか。彩奈は気の抜けた声を発した。

「彩奈！」

ベランダのドアを勢いよく引いて開ける。

彩奈は顔色一つ変えず、光のない瞳でオレを見上げていた。

「だから……どうして！」

なにが起きたのか、わかってしまう。

彩奈は自分の心が壊れるまで自分を責め続けてしまった。

「……ぁ？」

考えるより先に体が動いた。彩奈を抱きしめる。細くて柔らかくて、温かい……。心臓の動く音だって聞こえる気がする。

「彩奈……オレ、来たよ」

「……リク、くん？」

掠《かす》れた声だったが、反応してくれた。咄嗟に体を離して彩奈の顔を覗《のぞ》き込む。さっきよりも人間らしい光が彩奈の目に灯《とも》っていた。

「彩奈、わかる？　オレだ、リク。もう大丈夫だから」

オレが来たことに対する問いかけか？　そう思うも想定外の言葉が儚《はかな》く紡《つむ》がれた。

「どうして……………なの？」

「どうして、私…………生まれてきたの、かなぁ」

「それは――――」

「私、みんなを不幸にしただけ……なんにも、いいことしてない……」

「そんなことない！　オレは彩奈がいたから…………！」

「私がいなかったら……リクくんの家族、生きてるよ？」

「っ！」

すぐに言葉を返せなかった。喉が詰まる。

「全部、私のせい。もう、ね……生きてるのが、申し訳ないの………」

「彩奈？」

ふっと目を閉じた彩奈は、事切れたように後ろへ倒れていく。すかさず彩奈を抱きしめることで支えたが、彩奈はだらしなく体から力を抜き、目を開けることはなかった。

◇　◇　◇

「ひとまず彩奈ちゃんには私の布団《ふとん》で寝てもらおっか」

そう言って、門戸さんは布団で眠りにつく彩奈の髪を優しく撫《な》でた。

「今日から……オレは彩奈と二人で暮らします。以前のように」

「リクくんの気持ちはわかるよ。でもね、彩奈ちゃんの気持ちも考えたことある？」

「あります」

「本当？　彩奈ちゃんはね、リクくんに一生の負い目を感じて生きることになるんだよ」

「オレがそばにいてもいなくても、同じじゃないですか」

「そうかもね。でも記憶の改ざんをしなくなった彩奈ちゃんは……もう本当に限界を迎えたんだよ」

ついさっきの出来事を思い出す。

オレが彩奈を門戸さんの家に連れてきたとき、一度彩奈は目を覚ました。しかし彩奈は抜け殻のような反応しかせず、虚《うつ》ろな目であちこちを見つめるだけだった。もう泣くことも自分を責めることもしなかったのだ。

「さっき彩奈ちゃんのおばあちゃんにも連絡したけど、家で面倒を見るか入院かを検討するって」

「オレが――――」

「今の彩奈ちゃんの面倒を見られる？　リクくんもまだ高校生でしょ？」

門戸さんの口からは現実的な言葉ばかりが飛んでくる。

オレのことを駄々をこねる子供のように思っているのだろう。

……いや、もうそれでいい。

「門戸さんこそ……わかってるんですか」

「…………」

「事故の原因すら知ろうとせず、彩奈の保護者を名乗っておいて……。門戸さんだけじゃない……大人たちは常識っぽい言葉を並べて、オレと彩奈から距離を置いて……。あげく、ろくに事情も知らない連中まで好き勝手言い始めて…………」

「リク……？」

門戸さんだけではなく、カナも戸惑っている。

自分でも、なにを喋《しゃべ》っているのかわからない。

高まりつつあった感情を落ち着けるべく、深呼吸する。

「ともかく、オレが彩奈を支えます」

「リクくん」

「これだけは絶対に譲れません」

断固とした決意で言い放つと、門戸さんは「んん……」と唸《うな》って考え込む。

「こりゃあ……お姉さんの負け、かな。これ以上反対するとリクくんに殴られそうだし」

「殴りまではしませんけど……いいんですか」

「正直……今のリクくんの気持ちを跳ね返せるほどのものが、私にはないんだよね」

門戸さんは本当に小さな声で「なにが正解か、わかんないよ」と不安そうに呟《つぶや》いた。

◇◇◇

夜になるとカナは帰宅し、門戸さんの部屋にオレと彩奈が残された。

昨晩は一睡もしていなかったのだろう、彩奈は現実を拒絶するように眠り続けている。

そばで彩奈の寝顔を眺めていると、ベランダで電話をしていた門戸さんが戻ってきた。

「いい？　リクくん」

「明日中に彩奈ちゃんの荷物が届くってさ」

「添田さんの家にあった荷物ですよね？　随分と早い……」

「知り合いに相談したら、すぐに動いてくれたんだよ」

知り合い？　どんな人だろう。少し気になる。

「リクくん。彩奈ちゃんと同棲《どうせい》することにオッケーは出したけど、一つお願いがあるの」

「お願い？」

「ほんのちょっとでも困ったことがあれば私に頼ること」

「わかりました」

「本当にお願いね」

話はそれっきりで、門戸さんもオレの隣に腰を下ろして彩奈の寝顔を見つめる。

「あの、門戸さん」

「ん？」

「さっきのこと、すみませんでした。保護者を名乗っておいてとか、酷《ひど》いこと言っちゃって……」

「ああ、いいよいいよ。事実だからね。むしろ謝らないで」

門戸さんは軽く手を振り、自虐的な笑みを浮かべた。

「知らず知らずのうちに、私は現実から目を背けてたのかなぁ」

「………門戸さんは、なんで彩奈を守ることにしたんですか？」

「んー、とくに理由はないかな」

「ないんだ……」

「困ってる人を助けたいって気持ちは、人間なら誰しもが抱く気持ちじゃない？」

「そう……ですね」

「そういえば、リクくんは彩奈ちゃんのどこが好き？」

「内面です。あとは顔、顔も好きです」

「わっ意外。リクくんなら、彩奈の全部好きです！　って迷いなく言いそうなのに。内面を挙げるのはわかるけど、顔もって直球だね」

「いや全部好きですよ？　とくに顔も好きって話で……今の寝顔だって好きですし、普段の顔や、怒ってる顔……あ、オレを心配してくれる顔も大好きです」

「へー……」

楽しそうに聞いている門戸さん。にやついているぞ、この人。

けれど一度話し始めたせいか、口を止められない。

「一番好きなのは笑ってる顔です」

「うんうん」

「……でも、本当の意味で笑ってる顔は、まだ見たことがないんですよね」

オレがいつも見ていたのは、ギャルという仮面で守られた顔だった。

本来の彩奈が浮かべる笑顔を、オレはまだ一度も見たことがない。

◇◇◇

午前十時。アパートの敷地《しきち》に立つオレは、まだ寝ぼけているのかと思った。

「あらら～ん、リクちゃん。お久しぶりね～」

門戸さんの知り合いとはコンビニのオーナーだった。逞《たくま》しい筋肉を持つオッサンで、しかしプルンプルンの唇の持ち主でもある。顔には女性らしい化粧が施されていた。

アパートの敷地には、彩奈の荷物を積んだ軽トラックが停められている。

オーナーが乗ってきたのだ。

「あらー千春ちゃんもお久しぶり～」

「やーどうもです。ほんっと助かりました」

「彩奈ちゃんのためだもの、これくらいするわ。ええ、ええ、私にできるのはこれくらいですもの」

うっふん、と自分の存在を主張するように胸を張るオーナー。

「今、彩奈ちゃんはどうしてるのかしらん？」

「まだ私の部屋で寝てます」

「あらそう……寝る子は育つ、ていうものね」

無理やりポジティブな捉え方をしたな……。

「彩奈ちゃんを一人にしておくのもあれなので、私は戻りますね。リクくん、悪いけどあとはよろしく」

「はい」

門戸さんが家に戻るのを見送り、オレはオーナーに頭を下げる。

「オーナー、荷物ありがとうございます」

「いいのよ気にしないで。なんでも私に頼りなさいな」

「ありがとうございます……。オーナーは門戸さんと知り合いだったんですね」

「そうねぇ……それなりに長い付き合いよ。彩奈ちゃんをうちで雇ったのも、千春ちゃんからお願いされたからよ。とは言っても、彩奈ちゃんみたいなかわいい子がお店に来たら、誰からお願いされようとも即採用よ」

「そうですか」

「もちろんリクちゃんも即採用よ！」

「はは、結構です」

それからオレとオーナーは荷物を彩奈の部屋に運び込んでいく。荷物をダンボール箱に詰めてくれたのは、田舎にいる方々だそうだ。彩奈が添田さんの家に滞在していた期間は短かったが、それでも多くの人から愛されていた。

オレの知らないところでジジババたちと交流していたのだろう。

「うーす」

「リクちゃん頑張ってるね」

荷物を置いてオーナーとともに彩奈の部屋から出ると、ちょうど階段から上がってきたカナと陽乃に声をかけられた。

「あ、本当に手伝いに来てくれたんだ。ありがとう」

昨晩、二人に今日の予定を伝えたのだ。すると部屋の整理を手伝いたいと言ってくれたので素直に甘えることにした。陽乃にはこれまでのことを簡単に説明している。

「そりゃ来るでしょ……彩奈は？」

「門戸さんの部屋で寝てる」

「そっか……」

「あらーん。あなたたち、彩奈ちゃんのお友達？　それとも……リクちゃんの大切な人かしらん？」

「大切な人っていうか、アタシは協力者……」

「私はリクちゃんの幼馴染《おさななじみ》です。家族並みの絆《きずな》が育まれた幼馴染」

顔を真っ赤にするカナと、ニコニコ顔を崩さない陽乃。二人の反応は面白いくらいに違った。そんな彼女たちを見てオーナーは口元を緩ませる。

「さすがリクちゃんモテモテね～。男として嬉《うれ》しいでしょう?」

「……そう、ですね………。でもオレは……彩奈一筋ですから」

なんてデリケートな部分に触れてくるんだ、この人は。陽乃とカナを振った手前、めちゃくちゃ言い辛《づら》い。だとしても、はっきり言わなければいけなかった。

しかしオレたちの事情を全く知らないオーナーは感動したように体を震わせ、野太い声で叫ぶ。

「素晴らしい! それでこそ日本男児! 愛を貫く真の男よ‼」

だからもうオネエですらないってば……。

◇◇◇

お昼頃には荷物を運び終え、部屋の片付けも終える。陽乃とカナ、オーナーは帰宅した。

オレは門戸さんの部屋に戻り、布団《ふとん》の上で座っている彩奈を見つめる。

「…………」

ボーッと宙を眺め、いかにもな放心状態になっていた。

「彩奈」

「…………」

話しかけても反応なし。こちらに顔も向けず、彩奈は視線を彷徨《さまよ》わせている。

「彩奈ちゃん、起きてからずっとこんな感じだね。一応、肩を触りながら声をかけたら反応してくれるけど、トイレは……難しかったみたいだね」

門戸さんは言葉を濁した。ああ……どうりで彩奈のズボンが変わっているわけだ。

「防衛本能的なやつかな。外界からの刺激をなるべく受けないようにして、傷つきすぎた心を守ってるのかもね。素人《しろうと》の憶測だけど」

「…………彩奈、行こうか。部屋、片付いたんだ」

「…………」

感情のない顔で、彩奈はオレを不思議そうに見上げる。無垢《むく》な感じもした。

彩奈の肩に優しく触れながら「家に帰ろっか」と言うと、彩奈は静かに立ち上がった。

立ち上がった瞬間、ふらーっとよろめいたので、慌てて彩奈の両肩に手をやって支える。

「リクくん、なんでもいいから困ったことがあれば言ってね」

「はい」

ふらふらと歩く彩奈を連れ、思い出の詰まったオレたちの家に帰る。

隣に彩奈がいるからか、玄関に入ると懐《なつ》かしさを覚えた。

「ただいま。それから、えーと……おかえり、彩奈」

「…………………」

返事をせず、彩奈はジーッと足元を見つめている。そこにあるのは靴だけだ。

…………。

長かった。ここまで長かった。

元の生活――彩奈との同棲を再開するために、どれだけの苦労があったのだろう。

幸先《さいさき》がいいとは言えないけれど、オレは彩奈といる。

「大丈夫、彩奈。今度は……今度は、オレが支えるから」

そう優しく声をかけると、彩奈は理解できないと言いたげに首を傾《かし》げるのだった。

◇◇◇

部屋に入って早々、彩奈はベランダの前に座り、窓ガラス越しに昼の青空を眺める。

景色を眺めるのが好きなのだろうか。オレは試しに彩奈の頬に優しく触れてみた。

「…………」

全く反応なし。触れられていることにも気づいていない。

「意地でも反応を引き出したいな」

今度は彩奈の隣でブリッジをしてみる。プルプル体を震わせながら姿勢を維持する。さあこれならどうだ⁉

「…………」

ダメか、くそ！　そもそも空以外を見ていないので、オレがどんな行動をしても意味がなかった。やはり呼びかけるのが一番か。

「彩奈……あっ！　ゴキブリだ！」

「…………」

「うわっ！　五匹もいる！」

「…………」

ゴキブリが苦手な彩奈。しかし今は無関心だった。ちなみにゴキブリはウソだ。

……………虚《むな》しいな。オレ、なにをしているんだろ。

オレと彩奈は距離を置くべき――――。

ほんの少しでも心が弱ると、その言葉が浮上する。

門戸さんとカナの考えが間違えているとは決して思わない。

でも、オレと彩奈の関係だからこそ……。

「彩奈」

「…………」

オレは影に覆われた彩奈の横顔を見つめる。

「好きだよ」

「……………ぅ」

あれ、今一瞬反応した？　と思ったが、彩奈は空をジッと眺め続けている。

ま、焦《あせ》らずゆっくりと過ごそう。彩奈と一緒に空を眺めようか。

そうやって二人の時間を過ごし、夕方になったので晩飯の準備をすることにした。

メニューはカレー。食材は陽乃が準備してくれたし、作る手順が書かれたメモもある。

準備万端だ。初めての料理、少しワクワクしてきたぞ。

◇◇◇

「ぐぁああああ‼　目が……目がぁああああああ‼」

玉ねぎにやられた――っ。

なんだこいつ、最初は何事もなかったのに……切れば切るほど目に染《し》みてくる‼

ポロポロ涙をこぼしながら玉ねぎを切り終える。お次はジャガイモ。皮をむき、包丁で切ろうとして――つるんと滑った。危うく指を切りかける。

「あぶなっ！」

今のオレに怪我《けが》をしている余裕はない。慎重に料理を進めなくては……！

陽乃が用意してくれたメモに従い、ひとまず食材を切り終えた。

諸々《もろもろ》の食材を炒《いた》めるために、油を引いた鍋に投入していく。

「……これ、火通っているのか？」

気になったオレは鍋に顔を近づけて覗《のぞ》きこみ――ばちっ！

「つあっ‼　い、あつっ‼」

目の上に鋭い痛みが襲ってきた。咄嗟《とっさ》に顔を引っ込める。――油はねだ。

「な、なんだよ、もう！」

料理って、こんなスリリングなの？　彩奈と陽乃は普段、こんな恐ろしい作業をしていたのか？　お、恐ろしいな………ごくっ。

包丁の使い方だって、そう。彩奈は平然としながらトントントンとリズムよく食材を切る。あまりにも簡単そうだったから、オレもできるだろうと思っていた。

そうじゃなかった。彼女たちは――――達人。料理の達人なのだ。

達人なので、普通の人間にはできないことでも当たり前のようにこなせる。

「くそーなんてことだ」

まさか、こんなところで躓《つまず》くことになるとはな……！

◇◇◇

机に並ぶのはオレが作ったカレー。見た目は普通。紫色とかピンク色とか、アニメみたいな露骨にヤバい感じではない。

「…………む、うう」

考えすぎだろうか。彩奈が警戒するようにカレーを睨《にら》んでいる。

「さ、さきにオレが食べるから！」

スプーンを手に、実際に食べてみる。…………普通だ。普通の中辛のカレー。ただ、自分で作った料理は美味《おい》しく感じるらしい。夢中になって食べてしまう。

「…………」

「あっ」

彩奈はスプーンを手にせず、じっとカレーを見つめていた。今の彩奈は自分でご飯を食べられるのだろうか。

トイレといった生理現象はともかく、ご飯は自主的に食べない気がする。

「彩奈。ほら、あーん」

オレは彩奈の隣に腰を下ろし、スプーンで手つかずだったカレーを彩奈の口元に運ぶ。

「…………ん」

スプーンの端を軽く唇に当てると、彩奈は口を開けてくれた。そのまま口の中に入れると、しっかり食べてくれた。なるほど、こういう感じかーと心の中で納得する。

何度も彩奈にあーんをくり返していたせいか、なんだか子供のお世話をしている気分になってしまう。

「…………ん」

黙々とオレのカレーを食べてくれる彩奈がかわいい。

「あ、そうか……」

思えば彩奈は、誰にも甘えることができず、ずっと一人で生きてきた。

中二で両親を亡《うしな》い、記憶の改ざんをすることで明るく生きてきたが、それは誰にも甘えることができない人生を歩むことにもなっていた。

……オレの場合、幼馴染《おさななじみ》の陽乃がいてくれた。

しかし彩奈には、オレにとっての陽乃のような存在はいなかった。

いや、彩奈は記憶の改ざんをして事故そのものをなかったことにしたので、誰かに甘える必要性すらなくなったのだ。実際に、心がどう感じているかは別として……。

「彩奈はオレが守らないと」

◇◇◇

カレーを食べ終え、食器も洗ってしまう。そうしてお風呂《ふろ》の時間を迎えた。

「彩奈、お風呂に入ろうか」

「………………」

「彩奈？」

オレの戸惑いを無視し、彩奈は自分の着ているTシャツに手をかけ、あろうことかその場で脱ぎ始め――――。

「いやいやいやいや‼　彩奈⁉　なにしてるの⁉」

「…………………？」

彩奈の光を失った瞳が不思議そうにオレの顔を捉える。もう本当に意味がわかっていない様子。お風呂だから服を脱ぐ、その行動パターンを反射的に行っただけのようだ。

「彩奈。ここで服を脱いではいけません」

「………………」

オレの言葉が通じたのか。彩奈は四秒ほど動きを止めて考える様子を見せ、そして再びTシャツを脱ぎ始め――――。

「彩奈⁉」

「………………」

なんか微妙に不服そうな空気を発する彩奈。まるで子供みたいだ。

「よしわかった、オレと一緒に浴室へ行こうか」

彩奈を立たせて一緒に脱衣所へ向かう。そこで服を脱いでもらい、なんとか浴室に入ってもらった。ああ彩奈の着替えも用意しないと。慌ただしく動き、オレは精神的な疲労から部屋に戻って座り込む。

「はぁ……こういうのは、結構気を遣うな………」

彩奈が服を脱いでいる間、オレは背を向けて見ないようにしていた。なんだか今の彩奈の裸を見るのは卑怯《ひきょう》な気がしたのだ。とはいえ………。

「自分で体を洗えるのかな」

一抹の不安。その不安が現実化するように、四十分経《た》ってもシャワーの音は聞こえていた。いつもの彩奈ならすでに出てきている時間なのに……。

「やっぱり一緒に入ったほうがよかったかも」

焦りを抑えることができず、オレは浴室に向かってドアを開けた。

「彩奈！」

ザーッと放出が続いているシャワー。風呂椅子に座る彩奈は頭からシャワーを浴びている。こちらから見える彩奈の背中は丸まっており、小刻みに震えていた。

「え……もしかして」

浴室の空気が温かくない。もしやと思い、服が濡《ぬ》れることも気にせずオレは浴室に踏み込み、シャワーに触れてみた。案の定、冷たい……。

「彩奈、まさかずっと？　ずっと水を浴びてたの？」

「…………」

彩奈はうつむき、今も冷水シャワーを浴びる。冷水シャワーは健康にいいとは聞くけど、体の芯まで冷えるほど浴びるのはよくない。

――――これは、オレが悪い。わかっていたはずだ、今の彩奈を一人にしてはいけないと。行動だって予測できない状態なのに。

「ごめん……」

寒さで震える彩奈をそっと抱きしめる。オレも一緒になって冷水シャワーに打たれているが、そんなことはどうでもよかった。

現在の心を表すように、彩奈の体は酷《ひど》く冷たくなっていた。

◇◇◇

「これで……いいのかな、と」

ドライヤーを手にしているオレは、彩奈の髪の毛が乾いていることを触って確認する。サラサラしていた。これで問題ない……と思う。

「彩奈………」

ドライヤーで髪の毛を乾かされている間、彩奈は無抵抗だった。それだけではない。浴室で体を洗われている間も無抵抗だった。本来の彩奈なら恥ずかしがって嫌がるはずだ。

「恋人だし……いろいろ見ちゃっても、仕方ない……この状況だし、仕方ない」

ぶつぶつと言い訳を重ねる。できれば、きちんと彩奈の意思を尊重して……という過程を挟みたかった。罪悪感を拭いきれない。

時間は流れ――就寝時間になる。

彩奈にはベッドで寝てもらい、オレは布団《ふとん》を敷いて横になった。部屋の明かりを消して真っ暗にする。視界は黒く塗りつぶされ、彩奈の寝息がよく聞こえた。

そういえば今日一日、彩奈の声を聞いてないな。

寂しく感じながら眠気に意識を委ねた。

…………………………………………。

……………………………。

………………………。

「――――――――ぁあああああああっ‼」

夢の世界も一瞬で消し飛ぶ絶叫。目が覚め、オレは打たれたように飛び起きる。

すかさず部屋の明かりをつけ、ベッドで苦しそうにもがく彩奈の姿を目にした。

「うっ！　い、いや………やだあああああ‼」

「彩奈！」

うなされている。言葉をかけても無駄だ――――。

そこまで考えオレは彩奈を強く抱きしめる。激しく抵抗され、腕や背中を何度も引っ掻《か》かれた。暴れる力が女性とは思えない。ほんのわずかでも気を抜くことはできなかった。

「ぐっ……ぁぁ………ごめんなさい………ごめんなさい……」

彩奈は涙混じりに謝り続ける。誰に謝っているのか考えるまでもない。

こんなにも苦しむ彼女に、オレはなにをしてあげられるのか。

抱きしめ続け、徐々に彩奈の体から力が抜けていくのを感じ取る。

「……………んっ……すー、すー……」

耳元から寝息が聞こえる。叫ぶにも体力は必要だろう。エネルギーを使い果たし、彩奈は再び眠りについた。でも油断はできない。朝になり、彩奈が起きるまでそばにいよう。

オレは彩奈をもう一度ベッドに寝かす。

「こんなにも泣いて……」

彩奈の目からこぼれる涙を指で拭う。一生忘れられない熱さだった。

◇◇◇

「………朝か」

まったく眠れた気がしない。ベッドに突っ伏していたオレは顔を上げ、体を猫のように丸めて眠る彩奈の存在を認めた。頬には涙の流れた跡が残っている。その跡を指で優しく拭うと、彩奈は不機嫌そうな声を発して顔を背けた。

「……昨日も派手にやられたなぁ」

オレは自分の長袖をまくって腕を見る。鋭いもので引っ掻いたような傷が走っていた。服越しとはいえ、本気で爪を立てられると皮膚にまで届く。

「彩奈、朝だよ。起きようか」

「んーん」

彩奈の肩を軽く揺すりながら声をかけるが、幼いぐずり方で抵抗された。

昔とは立場が逆転したなー、と思って苦笑する。

この生活が始まって——早くも数日が経過した。

まだ慣れないことの方が多い。

三日前、少しでも日常生活を円滑にするため、門戸さんと介護について調べた。参考になる部分は多々あったが、彩奈は行動を促せば動いてくれる。介護というほどではなさそうだ。気持ちとしては子供の面倒を見ている感覚。

また、この数日の間に、彩奈のおばあちゃんから入院させることを強く勧められた。実際、正しいと思う。

添田さんの家に行く前のオレなら、歯痒《はがゆ》く思いながらも彩奈を見送っただろう。

これも人生だと自分に言い聞かせ、陽乃と過ごす日々に戻ったはずだ。

かつての自分ならそうすると、自分のことだからわかる。

オレが彩奈の面倒を見る――――そう決めたのは、意地でもあった。

ここで彩奈を見放す程度の覚悟ではないと、自分自身に証明したい気持ちもあった。

なにがあっても、オレが彩奈を守る。無邪気に笑える人生に連れ戻す。

十分すぎるほどに、彩奈は苦しんだのだから。

「朝だよー」

「んー…………」

唸《うな》る彩奈だったが、ぼんやりと目を開ける。

曇った瞳がオレの目を捉え、それからオレ越しに天井を見つめた。

正直なところ、不貞腐《ふてくさ》れた子供をずっと相手している気分だ。

こちらがなにをしても、彩奈はまともな反応を返してくれない。

してくれるとしても、子供のようにぐずる程度。

「…………ん…………」

「トイレ、行こっか」

オレは彩奈の手を引いてトイレに向かう。排泄《はいせつ》のタイミングは様子を見てわかるようになった。それに催す時間帯もある程度決まっている。トイレまで連れていくと、彩奈は緩慢な動きながらも自分で排泄する。この辺は本能的なものらしい。

もちろんオレはトイレの外で待機する。

トイレから出てきた彩奈の手を丁寧に洗い、一緒に部屋へ戻った。

「彩奈、着替えようか」

「…………」

彩奈の体を支えながらベッドに座らせ、部屋着に着替える手伝いをする。

着替えができない、というよりは、やる気がない……というのが正しい気もする。

トイレにしてもそう。連れていかれたらきちんとするけど、トイレまで自分で行く気が起きない感じだ。彩奈は、すべてに対して無気力になっている。

「…………ん」

彩奈が着ているパジャマのボタンを一つひとつ上から外していく。

肌を見てしまうことになるが、すでに割り切った。

この生活がいつまで続くかわからない以上、ここで躊躇《ためら》うとやっていけない。

「今日も空を見るの？」

「…………」

部屋着に身を包んだ彩奈はベランダの前に腰を下ろし、空虚な瞳に空を映す。

空を見ることは心によいそうなので、止めることはしない。

オレも部屋着に着替え、朝飯を作ることにする。もちろんできたご飯は食べさせる必要があった。たまに口を開けてくれなくて困るが……。昼食も同様だ。

ご飯を食べた後の彩奈はベッドで寝るか、ベランダの前に座って空を眺める。

基本的な行動パターンは、この二つに絞られていた。

今日は――ベランダの前に座っている。

その間にオレは家のことをすませていく。

慣れないのもあって、目が回るような忙しさだ。

すべてを完璧にこなそうとすると一日では足りなかった。

掃除だけでもあれこれやりたいことが増えて収拾がつかない。

やることに追われて彩奈を放置していると、トイレのタイミングを見逃す。

それで二日前、とんでもないことになった。

家のことを一通りすませ、ネットで彩奈みたいになった人を調べていると、一瞬で時間が過ぎていく。そろそろ晩飯の準備を進めなくてはいけない。ただその前に……。

「彩奈」

「………っ」

夕日を眺める彩奈を後ろから抱きしめる。

あの事故が起きてから、彩奈は人から抱きしめてもらえることがなくなった。

記憶の改ざんの代償として、無自覚の寂しさを抱えて一人で生きることになった。

でも今は違うと伝えるように、オレは彩奈を抱きしめる。

「彩奈、好きだよー」

「………」

後ろから抱きしめると同時に、優しく囁《ささや》く。

オレは陽乃とカナから好きというぬくもりをもらった。

今度はオレが彩奈にぬくもりを与える番だ。

「それじゃご飯作ってくる」

名残惜しくも彩奈から離れて台所に向かおうとしたが、ググッと服を引っ張られた。

「もう夕方かー」

Tシャツの裾を彩奈につかまれている。

「彩奈？」

「………………」

彩奈の無機質な表情の中にあるビー玉のような瞳が、ボーッとオレの顔を見つめていた。

これは離れてほしくない気持ちの表れに思える。

このような意思表示は初めてのことで少し戸惑うも、スッと彩奈の手は離れた。

そして彩奈はオレに背を向け、またしても夕日を眺める。

「まだ空には勝てないかー」

なんかちょっとした敗北感を味わった。

◇◇◇

「腕、あげてー」

オレの声が浴室に響く。彩奈は言われた通りに腕を上げ、脇を見せてくれた。

肌を傷つけないよう細心の注意を払いながら、彩奈の体をボディタオルで優しく丁寧に洗う。人の体を洗うのは意外と重労働で、浴室の暑さも合わさって汗が噴き出てきた。

彩奈は体を自分で洗うことはせず、シャワーを浴び続ける。オレが洗ってあげるしかない。その際、当たり前だがデリケートな部分まで目にする。

極力見ないようにしても、どうしても限界があった。

「……………」

彩奈は自分の体を洗われているのに、一切の変化を顔に出さない。人形みたいだ。

体を洗い終えると、彩奈を連れて浴室から出ていく。バスタオルで彩奈の濡《ぬ》れた体を拭き、パジャマの着替えを手伝い、髪の毛を乾かして……軽いストレッチを一緒に行う。

この生活は大変だ――。自分で選んだ道だが、やはりしんどい。

人の人生を背負うって、言葉ほど綺麗《きれい》なものではない。

彩奈が眠りについた後でオレもお風呂《ふろ》に入る。

お風呂から上がって、まだ食器を洗っていないことを思い出して台所に向かう。

夏休みが終わったら…………どうしようか。

食器を洗うという単純作業をしていると、いろいろな考えが浮かんだ。

◇◇◇

「――――んぁあああああ‼　やぁあああああ‼」

耳をつんざくような叫び声で目が覚める。

――しまった、起きておくつもりだったのに。

反省は一瞬。ベッドのそばで寝てしまっていたオレは、ベッドの上でもがき苦しむ彩奈を抱きしめにいく。両腕を振り回して抵抗される。思いっきり引っ掻《か》かれる。

それでも抱きしめ、「大丈夫……大丈夫……」と言い聞かせる。

よしよし、と優しく頭を撫《な》でる。次第に彩奈は落ち着く。

「う…………んんぅ」

オレの腕の中で彩奈は電池が切れたように大人しくなった。

「この生活、いつまで続くんだろ」

覚悟はしている。少なくともしたつもりでいる。彩奈への想《おも》いも本物だと断言できる。

ただ、ふとした瞬間に弱気な発言が漏れ出る。

結局のところ、彩奈がこのような状態になったのはオレに原因がある。

オレが彩奈と距離を置けば、ここまで酷《ひど》い状況にはならなかった。

記憶の改ざんで仮初めとはいえ、安定した日々を彩奈は送れたのだ。

「あー疲れてるなーオレ」

彩奈を本当の意味で笑わせる、その決意がぶれる。

自分の気持ちと決意を打ち砕く言葉が勝手に生まれる。

オレはベッドのそばに腰を下ろし、安定した寝息を漏らす彩奈に意識を集中させた。

もう少しだけ様子を見ていよう。

眠いし、眠気が波のように押し寄せてくるけど…………。

…………。

……。

「――――黒峰」

「…………え」

頭上から呼ばれて顔を上げる。

そこはかとない怒りを顔に滲《にじ》ませた白髪の先生が、オレを見下ろしていた。

ここ――教室だ。授業中にもかかわらず寝てしまったのか。

「寝不足か、黒峰。それとも俺の授業がつまらんか」

「……すみません」

謝罪を聞けてひとまず納得したらしく、先生は教卓に戻っていく。

寝ぼけていたが徐々に覚醒してきた。

すでに夏休みは終わった――。

依然として彩奈は快復しない。

オレは学校を休んで彩奈のそばにいるつもりだったが、門戸さんから『彩奈ちゃんとの将来を考えるなら学校に行くべきだよ』と諭された。

オレが学校にいる間、門戸さんが彩奈を見てくれている。

授業が終わり休み時間になると、さっそくとばかりに陽乃とカナが歩み寄ってきた。

「リク、大丈夫なわけ？」

「……うん、まあ……多分」

「アタシにできることない？　なんでもいいからさ」

「気持ちだけ受け取っておく」

「リク……！　一人でなんでもかんでもやろうとするなよ」

「一人じゃないよ。門戸さんもいるし」

「ならアタシにもなにかさせてよ……協力者なんだから」

「できる限り、オレの力でなんとかしたいんだ」

「アタシ……心配なんだよ」

掠《かす》れた声で言い、カナはつらそうに目を伏せた。気持ちは嬉《うれ》しいけど……。

瞬間的に訪れた無言の間に、今度は陽乃が口を開いた。

「リクちゃんは、やりたいことをやってるんだよね？」

「うん」

「わかった。じゃあ私は幼馴染《おさななじみ》として、見守ってるね」

「おい春風。見守るだけって――」

「さ、行こっかカナちゃん。ほらほら～」

「ちょ、春風！」

困惑するカナを無視し、陽乃は明るいノリでカナの背中をグイグイ押して教室から出ていった。……意外とあの二人は相性がよさそうだな。

◇　◇　◇

放課後、スーパーで買い物してから帰宅する。

早く彩奈に会いたい。その思いで家に帰ってきたオレはドアを開け、目を丸くした。

「彩奈？」

「…………」

ベッドで寝るか、窓越しに空を眺めることしかしない彩奈が、なぜか玄関に座り込んでいた。彩奈の隣には門戸さんもいる。

オレは事情の説明を求めるべく門戸さんに視線をやった。

「リクくんが学校に行ってからなんだよね、彩奈ちゃんが玄関に座ってるの」

「オレが学校に行ってから……」

彩奈の顔に表情はない。目にも感情らしい感情は浮かんでいない。

オレと門戸さんの会話に微塵《みじん》の興味も持たない。

抜け殻のようになった彩奈は、ボーッとオレを見上げているだけだった。

◇　◇　◇

「ん…………っ」

「彩奈ー離してー」

登校するために靴を履き、ドアノブに手を伸ばそうとしたところだった。

制服の端をぎゅっと握られて動けなくなる。彩奈はなにを考えているかわからない顔でオレが出ていくのを阻止してきた。無理に手を解《ほど》くのも違うしな……。

近くにいる門戸さんは、ちょっとした攻防をくり広げるオレたちを見て目を細める。

「本能的なやつなのかな。リクくんに離れてほしくないようだね」

「どうしましょうか……」

「ま、彩奈ちゃんには我慢してもらうしかないね。リクくんは学校に行くべきだよ」

想定通りの答えだな、と子供みたいになった彩奈を見下ろしながら思った。

これは幼児退行だろうか。でも自分の気持ちを表に出すようになったのは良い兆候だ。

「彩奈、ごめん。いってきます」

「…………っ」

さっきよりも強く制服の端を握られ、ぎゅーっと引っ張られた。

そして彩奈の目からほろりと涙が――。

表情がない分、切なさが強調される。

「門戸さん、オレ学校休みます」

「リクくん」

「今日だけなんで」

「気持ちはわからなくもないけどね。でも彩奈ちゃんとの将来を考えると――」

「彩奈を蔑《ないがし》ろにしたくないです。将来を考えるなら尚更《なおさら》」

何度も休むならともかく、学校なら一日くらい休んでも大丈夫だろう。

というより泣いちゃうほど寂しがる彩奈を置いていくのは無理だ。

「……リクくん……わかった。君の意思を尊重する」

「ありがとうございます。じゃあ今日のところは……」

「…………」

なにか言いたそうな間はあったが、門戸さんは頷《うなず》く。オレたちを心配そうに見つめた後、ドアを開けて出ていった。……なんとなく門戸さんの様子が気になるな。

口に出さないだけで思い詰めている雰囲気がする。

「…………ん」

くいくいと制服の端を引っ張られた。気を引こうとする行動だ。

「彩奈、今日はずっと一緒にいようなー」

通学用の鞄《かばん》を置き、少し気合いを入れてから彩奈を抱っこする。思ったより重い。

彩奈は甘えるようにオレの首に両腕を回し、力強くしがみついてくる。

まさか同年代の女子を抱っこする日が来るとは夢にも思わなかった。

困った事態だ。彩奈が離れてくれない。下ろそうとすると、ぎゅーっと抱きついてくるのだ。仕方なくオレは彩奈を抱っこした状態で座ることにした。

◇◇◇

「ん……ぅ……」

オレが諦めたのを察したらしく、彩奈は抱きつく力を緩めて体重を預けてくる。

お互いの服の厚みがあるとはいえ、彩奈の体温と体の柔らかさを感じた。こんなに密着するのは初めてのことなのに、不思議とドキドキ感はない。

いやドキドキするが、性的な意味ではなかった。

「あー、これが庇護《ひご》欲か」

彩奈にはオレがいてやらないと。オレがいないと彩奈は生きていけない。

と、本気で思った。

ひょっとしたら、昔の彩奈もこんな気持ちだったのだろうか。

陽乃に振られて自暴自棄になったオレを見て、自分が寄り添ってあげないと……って思ったとしても彩奈の性格上不自然ではない。

「彩奈。洗濯したいから離れてほしいんだけど」

「…………」

「ですよねー。お昼ご飯の準備もしたいんだけど」

「…………」

「ですよねー」

もはやオレの言葉が通じているのかも不明。彩奈はぎゅーっとオレに抱きついている。

これは思ったより大変かも…………。

◇　◇　◇
――――というオレの予感は的中した。

「洗濯と掃除ができなかった……」

まず家のことがまったくできなかった。

無理に離そうとすると、彩奈は静かに涙をこぼす。

昼食を食べさせるのも一苦労で、そもそも彩奈はオレから離れないので食事をする体勢になれない。

地道にあーんをくり返したものの、彩奈が昼食を食べ終えたのは夕方前だった。

ちなみにオレは昼食を食べることができなかった。

「晩ご飯を作らないと……。彩奈、ちょっとでいいから離れてくれない？」

「…………」

「ほんの一瞬だけ」

「…………んっ」

やだと意思表示するように彩奈はオレの首に回した両腕に力を込めた。ちょい苦しい。

朝からずっと彩奈を抱っこしている。座りながらの抱っこでもつらい。

これは本格的に困ったぞ。気持ちとしてはそばにいたいが、時と場合による。

まさか二十四時間くっついているわけにもいかないだろう。

「彩奈……」

オレは彩奈の両腕を痛くない程度につかみ、離しにかかる。力の差もあってか、あっさりと離れた。その直後に、オレは膝から彩奈を下ろして立ち上がった。

「じゃあ彩奈、少しだけ待って――」

「んやぁあああああ‼」

「なっ――」

感情をむき出しにして泣き叫ぶ彩奈。想像以上の反応に驚かされて動けなくなる。
その隙に、彩奈がオレの腰に抱きついてきた。
「ん、んー！　やぁああああ‼」
一瞬でも離れたら死んでしまう、そんな強迫観念にとらわれていてもおかしくない。
オレは声を上げて泣く彩奈の頭を優しく撫《な》でながら考える。
強迫観念というより、愛に飢えている気がした。
抱っこは子供にとって一番の愛情表現になると聞いたことがある。
今の彩奈は、甘えられるだけ快復した。ならもう、とことん愛を伝えたほうがいい。
オレは、もう一度彩奈を抱っこする。
好きだよーっと口にしながら抱っこしていると、次第に彩奈は落ち着きを取り戻した。
泣くのをやめてオレの体温を感じ取るように体を密着させてくる。
「……大丈夫、なんとかなる……」
勝手に口から出た言葉だった。

◇　◇　◇

「………ん……すぅ……」

ベッドで眠る彩奈は安定した寝息を漏らし、右手でオレのシャツを握りしめていた。どんなときでも離れたくないらしい。今の彩奈にとってオレの存在がすべてなんだろうな。

「ふわぁ……」

これまで蓄積された疲労と合わさり、いやでもまぶたが重くなってくる。

だが困ったことに、食器を洗ってないうえに洗濯もしていない。

洗濯は明日の朝だな。登校する前に洗濯機を動かそう。干すのは門戸さんにお願いするしかない……か。あと勉強も少しでいいからしておきたいな。

「……そーっと」

オレのシャツから彩奈の右手を離そうと試みるが、固く握られていた。

離すにはオレも本気を出すしかないが、絶対に彩奈を起こすことになる。

「食器洗いも明日かー」

食器洗いも門戸さんに――――は、ダメだ。

可能な限り、家のことはオレがやる。まだ限界に来ていない。

もしかしたら彩奈はずっと今の状態かもしれないのだ。

今後の人生を考えると、今の段階でオレが弱音を吐くわけにはいかない。

可能な限り家のことはオレがして、どうしようもないところは誰かに頼る……その見極めをしなくちゃ…………。

…………。

「んぁああああ‼　やだあああああああ‼」

……なんかもう爆音アラームに思えてきた。ってなんだそれ。

冷静に彩奈の悲鳴を聞いている自分にゾッとする。慣れていいことではないだろ。

この生活が始まった頃は、彩奈が泣き叫んでいたらオレも泣きそうになった。

今は……大変だなぁと思う気持ちが増していた。

結局——オレは翌日以降も学校を休むことになった。

◇◇◇

どんなときでも彩奈はオレから離れようとしなくなった。

トイレに連れていったときも、ドアを開けてオレの姿が見えるようにする必要があった。

ほんの数秒でもオレが離れると彩奈は不安そうにキョロキョロして泣いてしまう。

親とはぐれた子ヤギのようになるのだ。

他にも変化があった。寝言を言うようになった。

寝言と言っても、ひたすら謝罪を口にする。お母さんとお父さんに謝り続けるのだ。

事故の原因は彩奈にある──と、彩奈自身が思い込んでいる。

実際のところ彩奈だけが原因ではない。

あらゆる不幸が重なった結果として事故が起きた。オレを含めた関係者はそう考えている。彩奈だけが、彩奈を責めていた。

「あーん」

「…………っ」

ご飯をスプーンですくって彩奈の口元に運んだが、ぷいっと素っ気なく顔を背けられた。最近こういうことが多い。わざと迷惑をかけられている気がする。

夏休みが終わる前の話になるが、門戸さんとつながりのある専門医が家に来て彩奈を診てくれたことがあった。やはり精神的なストレスが原因にあるとのこと。定期的に診てもらいつつ薬を処方してもらっている。そして、こういうのは治る治らないの話ではないと言われた。本気で彩奈と向き合うなら、常に愛を持って接してほしいとも言われた。

正直、簡単なことではない。

眠気やら疲労やらが苛立《いらだ》ちを生むこともある。苛立ちを覚える自分に失望することもある。自分の感情とも向き合う必要があった。

「彩奈ーご飯食べないの？」

「…………」

「そっかぁ美味《おい》しいのにな」

「…………」

オレがご飯を片付ける雰囲気を醸《かも》し出すと、彩奈の視線がお茶碗《ちゃわん》に固定された。作戦成功だ。なんとなく誘導のコツはつかんでいる。

ご飯を食べさせた後、彩奈にくっつかれながらオレもご飯を食べる。さっさと食べないと家のことが遅れていく。オレに関することのすべてが作業感覚になっていた。

彩奈のおばあちゃんや門戸さん、陽乃やカナまでもが手伝いたいと言ってくれる。だが断っていた。いろいろ理由はある。彼女たちにも自分の人生があるわけで、ずっと手伝ってもらうわけにはいかないだろう。あとは単純にオレの意地だったり…………明確な責任感も覚えるようになっていた。今の状況はオレが作ったものだ。

オレが彩奈を追いかけ続けたことで、彩奈は過去と強制的に向き合うことになった。オレのせいなのだ、彩奈の心が壊れてしまったのは。

「ん……」

後ろから彩奈に抱きつかれる。きっとオレの心を敏感に察知したんだ。こんな状態になって も、根っこの優しさだけは消えていない。

彩奈のぬくもりだけが、オレの原動力になっている。

◇　◇　◇

昼食を食べた後、彩奈はお昼寝をするようになった。

オレの手を握りながらベッドで気持ちよさそうに眠る。大体一時間くらいはぐっすりだ。

その間にオレは買い物に行くようにしている。

一応、念のために門戸さんを家に呼ぶようにはしていた。これぱかりは頼るしかない。

「……じゃ、いってきます」

彩奈が眠ったことを確認し、握っていた手を離す。

オレは門戸さんにメッセを送り、財布とカギを持って玄関に向かう。

靴を履いてドアを開けると、すぐそこに門戸さんが立っていた。

「今日も彩奈をよろしくお願いします。なるべく早めに帰ってくるので」

「…………やっぱ寝れてない？」

「彩奈の寝顔がかわいくて、つい夜更《よふ》かししちゃうんですよ」

「毎晩聞こえてるよ？　彩奈ちゃんの声」

「…………」

「リクくん、ちょっと高校生の域を超えるくらい頑張ってるよね。大変でしょ？」

「大変ですよ、大変に決まってます」

「だよね。実は、さ……彩奈ちゃんのおばあちゃんにも逐一報告してるわけよ、私」

「はい……」

この気まずそうな話の切り出し方は嫌な予感を膨らませる。

「彩奈ちゃんのお世話をしてくれる場所っていうか、施設？　を見つけてくれたそうなの。話もすでに通してあるんだって」

「それで？」

「リクくんが望むなら今すぐにでも――」

「無理ですね」

「だよねー」

オレの即答を聞いて門戸さんはわかっていたように頷《うなず》く。

「でもねリクくん。現実問題として、君は学校に行けてないわけだ」

「…………」

「割と深刻な問題だよ。学校を抜きにしても君は大変なんだからさ」

「大変で……当たり前でしょう」

「リクくん……」

「大変じゃなきゃウソになりますよ」

「――――っ」

どうしたんだろう。門戸さんはピクリともせず、呆《ほう》けたようにオレの顔を見つめる。

「なんですか」

「あー……あはは、なんかもう……君の方が大人だね」

そう言って門戸さんが浮かべた表情は複雑なものだった。

微笑《ほほえ》ましそうな笑みの中に、自分を卑下する自虐的な感情が窺《うかが》えた。

◇　◇　◇

ああ言ったが、門戸さんから言われたことは気にしなければいけない。

学校に行けていないのは深刻な問題だ。将来にも大きく影響してくる。
まだオレ一人で完結する人生であれば構わない。
しかしそうではない。オレは彩奈の人生も背負うつもりでいる。
「なんとか……なるのか？」
ついに自分でも首を傾《かし》げる始末。将来について考える時間を作るのにも一苦労の現状
……大人からの発言は聞き入れるべきだ。
「でも、今の彩奈はオレがいないと……」
そう呟《つぶや》きながら、ベッドでスヤスヤと眠る彩奈の頬を軽くつっつく。
かろうじて得られる自由は、彩奈が夜の眠りについた後の短い時間だけだ。
「…………」
ちょっとした休憩のつもりで、オレはベッドに寄りかかって目を閉じる。
緩やかに忍び寄る心地よさが全身に満ちていく。その心地よさに身を委ね――――。
ピ――ッ！　ピ――ッ！
洗濯機の音が響いてきた。パッと目が覚める。
洗濯物を干さなければ。いつからか夜にするようになった洗濯……。
そういえば食器もまだ洗っていない。勉強も少しでいいからしないと。

なんてことをしていると、彩奈が泣き叫ぶ時間帯になるわけだ。

「やっぱい……寝る暇がない」

目を擦《こす》り、オレは腰を上げて洗濯機のもとに向かった。

◇◇◇

翌日も彩奈がお昼寝したタイミングで買い物に行き、買い物バッグを引っさげて帰宅する。階段を上がり、廊下を歩き始めて――――思わず足を止めた。

「え」

ドアの前には薄緑の着物を着た老婆が立っていた。彩奈のおばあちゃんだ。

「黒峰さん」

「え、と……どうされたんですか」

「彩奈のことで、お話があります」

◇◇◇

夜になり、彩奈をベッドに寝かせる。

「…………んんぅ」

枕に頭を置いた彩奈は、オレの顔を見上げて怪訝《けげん》そうに唸《うな》った。

「ああ、なんでもないよ。おやすみ」

「…………」

普段通り、彩奈はなにも言うことなく目を閉じた。あと数分もしないうちに寝息を立てるだろう。思えば……些細《ささい》なコミュニケーションは取れるようになったんだよな。

「はぁ……」

ため息が出る。彩奈のおばあちゃんから言われたことを思い出した。

話は以前に門戸さんからも触れられた施設の件。

彩奈のおばあちゃんは、オレが学校に行けないことを気に病んでいた。

彩奈のためであり、オレのことも考えて動いてくれている。

それだけは否定できないことで、否定してはいけないこと。

オレたちを心配する気持ちは痛いほど伝わってきた。

——彩奈をそこまで想《おも》っていただき、ありがとうございます。

涙ながらの感謝だった。

しかし続けて放たれた言葉は『しかし、黒峰さんには黒峰さんの人生を歩んでほしい』というもの。

オレは自分の人生を犠牲にしているつもりはない――と言い返すことができなかった。もう覚悟や気合いだけで乗り越えられる話ではなくなっている。

将来のことを考えたとき、オレの行動はあまりにも無謀だ。

まだ高校生のオレには自分で道を切り開けるだけの知識と経験はない。

そのことを身に染《し》みて痛感させられた。

「……彩奈、ごめん」

彩奈の安心しきった寝顔を見つめる。もうこの顔を見ることができる時間は少ない。

明後日《あさって》、お別れだ。

彩奈のおばあちゃんと施設の方が、車で彩奈を迎えにくる。

今にして思えば……大人たちはタイミングを見計らっていたんだ。

オレが自分の無力さを痛感し、彩奈との別れを受け入れられるようになるのを。

今まで、あまりにも好きにさせてもらいすぎた。

大人たちは距離を置きながらオレと彩奈を見ていたのだ。

「彩奈、ごめん。オレ……ダメだった。理想論ばかり口にして……なにもできなかった」

ここでオレが意地を張って今の生活を続けても、いずれ確実に破綻する。

「オレ……彩奈を苦しめただけだった。ごめん……ごめん……」

なにも——なにもしなければよかった。

大人しく陽乃に守られる人生を送っていればよかった。

添田さんの家に行ったことが間違いだった。

オレはなにもせず、彩奈から離れるべきだった。

それが、加害者家族と被害者家族の正しい距離感だったんだ。

「ごめん、ごめん……彩奈……！」

彩奈の右手を両手で握りしめる。目からあふれる熱いものが止まらない。

オレは、好きな人の心を壊しただけだった——。

…………。

「——ん？」

…………。

「——クくん？」

…………え？

聞き間違いかと思った声は二度くり返された。

まさかと思い目を開け、顔を上げる。

「…………彩奈」

「…………リクくん」

目が合う。彩奈は、たしかな理性を瞳に宿していた。

少し眠たそうにまぶたは軽く閉じられているが、それでもオレの名前を発した。

「彩奈……オレのこと、わかる？」

「……うん」

「え、えーとじゃあ……これまでのことは？」

「これ……まで……ん、と……？」

「あ、ああ！　いや、いい！　ほんと、なんだよ……ははっ」

なんか笑ってしまった。今、このタイミングで彩奈が……。

「リクくん……どう、したの？」

「な……なんでもないっ。大丈夫っ！」

好きな人から名前を呼ばれると嬉《うれ》しい——。

今ほど、そう思ったことはなかった。

首の皮一枚でつながった……と思ってよさそうだ。

◇　◇　◇

彩奈が現実を認識できるようになったことで、専門施設に行く話を断ることができた。

正確には、しばらく様子見しようという判断を下された。

オレとの生活を送ることで、彩奈が元気を取り戻したことは間違いない。

この調子ならオレが学校に行ける日も遠くない……かも。

「あの、リクくん？」

「なに？」

「いつまで……この状態、なの？」

「オレが満足するまで」

「…………」

顔は見えないが、彩奈が困惑した表情を浮かべているのがわかる。

昼ご飯を食べた後、オレは彩奈を後ろから抱きしめて一時間くらい過ごしていた。

もはや抱き枕代わり。衝動的な行動というか、我慢できなかった。

「…………んぅ」

恥ずかしがっている雰囲気はあるものの、抵抗する様子は見せなかった。現実を認識できるようになった彩奈だが、全快したわけではない。まだぼんやりしている。

「今日も一緒にお風呂《ふろ》入る？」

「……いい。一人で……入れる、から」

「ほんとか？　遠慮しなくていいんだぞ？　これまでのようにご飯は食べさせてあげるし、体を洗ってあげるし、トイレも――」

「い、いいっ！」

一際《ひときわ》大きな声を発し、彩奈は羞恥心とともに拒絶の意志を示した。

「……い、いろんなとこ、見られたんだ……私、いろんなところを……」

「ごめん……」

一気に彩奈の体温が上昇した。熱い。

「リクくんに……たくさん迷惑かけた……。嫌なこともさせて……」

「迷惑じゃないよ。嫌でもない」

はげそうなほど大変だったけど。

「で、でも私……リクくんの……リクくんの………！」

こうして抱きしめていると、彩奈の震えを直《じか》に感じられる。泣いている。そのような体の震え方だ。オレはなにも言わず、抱きしめる力を強めることにした。

◇ ◇ ◇

結局、彩奈はご飯とお風呂を一人ですませてしまった。なんか寂しい。

とくに事件が起きることなく、就寝時間になった。

彩奈はベッドに入り、オレは布団《ふとん》に横になって部屋の明かりを消す。今日はそれなりに平和だった。明日は……どうなるんだろう。彩奈次第だ。

一時間ほどで寝息が聞こえてきたので、オレは体を起こして部屋の隅に追いやったミニテーブルのもとへ行く。スマホの明かりで視界を確保しながら、近くに置いていた鞄《かばん》から教科書を取り出した。彩奈の前で勉強するのは気が引けるので、彩奈が寝るのを待っていた。これまでも、こうして隠れて勉強していた。

教科書を順調に読み進めていると、不意に「リクくん？」と呼ばれた。

振り返り、暗闇の中で起き上がる彩奈を目にする。

「お、起こした？」

「…………勉強、してるの？」

「まあ、うん……」

「私のせいで…………勉強する時間が、ない……」

「そういうわけじゃないけど」

「……夏休み、終わってるんだよね？」

「…………うん」

「…………」

なにかを考えるように彩奈は黙り込む。

私のせいでリクくんは学校に行けない——。そう思わせてしまった。

今は些細なことでも自分を責めさせたくない。オレはリモコンで部屋の明かりを点《つ》け、落ち込んだようにベッドに座る彩奈のもとへ行く。

「彩奈、オレは大丈夫だから」

「…………どうして、なの？」

「なにが？」

「どうして、長袖を着てるの？」

「——」

「まだ……暑いのに」

「そう？　オレは寒いけど」

「袖、まくって」

「…………」

「見せて」

そこまで言うってことは、薄々気づいていたのか。

ある種の覚悟を決め、オレは袖をまくる。むき出しになった腕は引っ掻《か》き傷で悲惨な見た目になっていた。治りかけの傷もあるが、それ以上に新しい傷もある。

寝ているときに泣き叫ぶ彩奈は激しく暴れるので、オレは長袖を着て彩奈を抱きしめるようにしていた。それでも傷を負うときは負ってしまう。自分のことは自分でできるようになった彩奈だが、寝ているときに泣き叫ぶのは続いていた。

「私が……したんだ」

オレの腕を見て、彩奈は泣きそうな顔をくしゃくしゃに歪《ゆが》める。

「…………」

「……………」

彩奈はなにも言わず、横になった。なんでもいいから言葉をかけよう、そう思うも、今は取り繕うほど逆効果になる気がした。

「おやすみ……彩奈」

オレは部屋の明かりを消して布団にゴロンと寝転がる。

――オレと彩奈は距離を置くべき。あーくそ、弱気になるなよ、オレ。

何度も自分に言い聞かせ、目をギュッと固く閉じた。

◇◇◇

目を覚ましたオレがすぐに考えたことは、やはり彩奈のことだった。

昨晩のことで余計な負い目を感じさせてしまった。

オレは心配しながら目を開け、体を起こす。

「…………あれ？」

ベッドに彩奈はいなかった。落雷に打たれたような不安を感じた直後、ふわーっと味噌汁《みそしる》の匂いがキッチンの方から漂ってきた。とても懐《なつ》かしく、涙が出そうな匂い。

「あ、リクくん起きたの？　おはよう」

「彩奈………？」

部屋にやってきた彩奈はエプロンを着けており、オレに朗らかに笑いかけてきた。その優しく明るい雰囲気は、平和に同棲《どうせい》していた頃の彩奈だ。

ひょっとしてオレは夢を見ているのか？

「まだ寝ぼけてるの？　あはは、ちょっと待っててね」

そう言って部屋から出ていった彩奈は、洗面器とタオルを持って戻ってきた。そして布団に座るオレの横に腰を下ろし、水に濡《ぬ》らしたタオルでオレの顔を拭き始める。

「…………え？」

「じっとしててねー…………うん、こんなものかな。次は歯磨きだね」

彩奈はササーッと洗面所に向かい、オレの歯ブラシセットを持ってくる。正座し、自分の膝をポンポンとなにかを促すように叩《たた》いた。

「はい、ここに頭を置いて」

「彩奈？　え？」

「はやく。歯磨きするから」

「…………？」

やっぱりオレ、夢を見てる？　じゃあいいか、流れに身を委ねよう。

オレは彩奈の膝に頭を乗せ、彩奈の顔を見上げる。優しい笑みを浮かべていた。

「はい、あーん」

「んー」

口を開けると、歯ブラシが口内に進入してきた。慎重に、ゴシゴシと優しく歯を磨かれていく……。この後頭部に感じる柔らかさと歯への刺激、ああ……これは現実だ。夢じゃない。あまりにも幸せで夢のような心地だが、紛れもなく現実。

「リクくーん。じっとしててねー」

うーん、どういう状況？

◇◇◇

――彩奈が、めちゃくちゃ尽くしてくれる。

着替えをさせてくれるし、ご飯も食べさせてくれる。お昼寝をするときには添い寝もしてもらった。もちろん子守歌のサービス付き。立場を交代したみたいだ。

「彩奈、どうしちゃったんだ」

シャワーを浴びながら今日一日を振り返る。さすがの彩奈もお風呂まではついてこなかったので、ようやくこの事態について考える時間が生まれていた。

「多分……そういうこと、だよな」

この過剰な尽くし方、そして彩奈の性格を考えると……まあそういうことだ。

昨晩の一件が引き金となった。

どうしたものかと考えながらシャワーを浴びていると、ドアを開ける音が聞こえた。

もしや――――。

「リクくん……体、洗うね」

「――――」

振り返ってオレは腰を抜かしそうになる。そこに立っていたのだ、裸の彩奈が。

あの陽乃ですら、お風呂に乱入するときは水着を着ていたのに……。

いくら彩奈の裸を見慣れたとはいえ、意識を取り戻した彩奈が相手となれば話は別だ。

咄嗟《とっさ》に目を背け、動揺しながら尋ねる。

「な、なんで………！」

「ぼんやりとだけ、覚えてて、その……リクくんは、その……私の全部、見たんだよね？

それに、洗って……」

「………ごめんなさい」

「う、ううん、いいの。むしろ、ごめんなさい……」

「いや………」

「こ、今度は私が、リクくんの体を洗うね。なにも……しなくて、いいから……」

「い、いやいやいや！　大丈夫だから！」

「リクくん」

「一旦、外に出て！　オレもすぐに出るから、真面目に話をしよう！」

「…………うん」

オレの必死な言葉を聞いて彩奈は承諾してくれた。オレが目を背けている間に、ドアを閉める音が響いてくる。……まだ心臓がバクバク鳴ってるぞ。

彩奈に意識があるかないかで、こんなにも感じ方が変わってくるんだな……。

◇◇◇

お風呂《ふろ》から上がり、部屋に戻る。なぜか彩奈はベッドに潜って、頭だけ出していた。

「彩奈。今日のことだけどさ……」

オレは喋《しゃべ》りながらベッドに腰かける。本当になんとなく、彩奈の体を隠す掛け布団《ぶとん》をめくり——またしても心臓が飛び跳ねることになった。

「なっ……まだ服を着てない――――!」

「そ、添田さんの家でね……できなかったでしょ? ……今、いいよ?」

彩奈は顔を真っ赤にし、恥ずかしそうに内ももを擦り合わせた。

「こ、こういうのは違うって」

「……リクくんの好きにして、いいから………」

「そうじゃないって!」

オレは掛け布団を引っつかんで彩奈の体に被《かぶ》せる。しかし彩奈は掛け布団を強引に払って、自分の体を見せつけてきた。なにしてるんだよ……!

「彩奈、ちゃんと話を――」

「やだ」

「え」

「真面目な話、やだ」

思わず彩奈の顔を食い入るように見つめてしまう。真っ赤な顔は変わらないが、瞳は悲しそうに濡れていた。なぜかその瞳を見るだけで胸が痛くなる。

「こういうことは、なんていうか……もっと雰囲気を……お互いの好きって気持ちを確かめ合ってから………するものだと、思う」

「私……リクくんのこと、大好きだよ」

「うっ、嬉《うれ》しいけど、めっちゃ嬉しいけどっ！　死ぬほど嬉しいけどっ！　でも、なんかこれは……違う……」

彩奈とそういうことはしたい。ただ、気持ちが追いつかない。

「償わせてよ」

「……彩奈？」

「ほんのちょっとでも……償わせてよ………」

消えゆく火のように掠《かす》れた弱々しい声。彩奈の目から涙がつーっとこぼれ落ちた。

「私……リクくんの人生を壊して……多くの人を不幸にして…………今も、リクくんに迷惑をかけてばかりで……」

「迷惑なんて、そんな」

「リクくんに迷惑かけたくなくて、嫌な気持ちになってほしくなくて……距離を置いたのに、リクくんは何度も追いかけてきて…………じゃあもう、死ぬまでリクくんに尽くすことでしか、償えないよ…………っ」

彩奈は両手で顔を覆い隠し、喉を締めたような抑えた泣き声を漏らす。償い、か。

「オレ、償ってほしいとは思ってない」

「だ、だとしてもぉ！　リクくんは、優しい、から！　私のしたことは………私の存在が……！」

「………」

気にしなくていい――償わなくていい――泣かないで――笑ってほしい――。

ありきたりな優しい言葉を言いそうになり、思いとどまる。

どの言葉も静かに泣き続ける彩奈には届かないだろう。逆にもっと追い詰める。

「ご、ごめんね……リクくん………今は、一人に……なりたい……かも」

「……うん」

この雰囲気ではなにを言っても無駄かもしれない。

どんな言葉を彩奈に送ればよかったのか、オレは涙をこらえてベランダに出る。

ふーっと息を吐き出し、柵に寄りかかって夜空を眺めた。

「………」

オレが彩奈に近づけば近づくほど、彩奈は自分を責めるようになる。

やはりオレと彩奈は距離を置くべきで、彩奈には記憶の改ざんで平和な生活を送ってもらうのが良いのだろうか。自分の気持ちとは裏腹に、現実的な思考は消えない。

「迷惑をかける……負い目……」

その言葉を口にし、ふとオレは陽乃との思い出を振り返る。

――今すぐに話をしたい。聞きたいことがある。

オレはズボンのポケットに入れているスマホを取り出した。彩奈の身になにか起きたとき、一秒でも早く門戸さんに連絡できるようにスマホは肌身離さず持っているのだ。

電話をかけると、二秒ほどで繋《つな》がった。

「陽乃？」

「あ、リクちゃん。どうしたの？」

「ごめん急に」

「全然いいよ。いつでも電話してね」

優しく笑う陽乃の顔が思い浮かぶ。人を幸せにする太陽みたいな存在だ。

「陽乃はさ……オレのこと、迷惑に思ったことある？」

「ないよー。どうしたのかな、変な質問だね」

「オレ、あの事故が起きてから、ずっと陽乃にベッタリだっただろ？」

「だね」

「そのことで迷惑に思うことがあったのかなって……今になって考えてた」

オレは陽乃に甘えることに負い目を感じたことはなかった。なにも気にせず陽乃にくっついていた。もちろん陽乃の優しさに感謝していたし、今となっては恩も感じている。一生かけても返せないぬくもりを陽乃からもらった。今も支えてもらっている。

でもそれはオレの都合であって、もし陽乃は嫌に感じていたのなら――――。

「そうだねぇ……実はいろいろ大変だったよ」

「…………やっぱり？」

「うん。家事のこととか、友達から茶化されることもあって……それはまったく嫌じゃなかったんだけどね、まあ……ね、変な噂《うわさ》とか……。リクちゃんは私の後ろにピッタリくっついて……でも、それも嫌じゃなかったよ。うん、迷惑だとは一度も思わなかった」

「陽乃……」

「なによりも、私自身がリクちゃんの支えになりたかったの」

陽乃の言葉に強く共感できる自分がいた。まさに今のオレだ。

「私たちは幼馴染《おさななじみ》だから……家族並みの絆《きずな》で結ばれているからね」

「家族並みの絆……家族…………」

「うん。家族って、たまーにめんどくさいと思うことはあっても迷惑とまでは思わないでしょ？　家庭環境にもよるけどね」

「…………」

家族を思い出す。オレは両親にワガママを言うことが多かった。当然怒られることも多かった。しかし、蔑《ないがし》ろにされることはなかった。オレがなにを言おうと、なんだかんだ向き合ってくれた。迷惑そうにされることはなかった。

妹のことも……そうだったな。生意気に感じることはあったが、妹に頼られて悪い気はしなかった。めんどくさい気持ちはあったが……。まあオレが中二になった頃には、むしろ妹の方がオレの言動にうんざりしていたけど。

迷惑をかける、なんて言葉……使ったことがなかったな。聞いたこともなかった。

彩奈の口から聞くまでは……。

「家族、か」

「そうだよリクちゃん」

「ありがとう陽乃。オレ、わかったよ」

「そう？　どういたしまして」

通話を終え、スマホをポケットに押しこむ。

ああ、すごくシンプルなことだった。オレは弱気になり、最も大切なことを見失っていた。陽乃のおかげで本来の自分を取り戻せた気がする。

この気持ちを今すぐ彩奈に伝えよう。

勢いに任せてベランダの窓ガラスを開け、ベランダ用のスリッパを脱ぎ捨てて部屋に上がる。

「……リク、くん？」

彩奈は服を着ることなく、ベッドに座って泣いていた。

突然戻ってきたオレを見て、驚いたようにキョトンとする。

赤く腫らした目に、濡《ぬ》れた頬………。

このタイミングで彩奈を一人にしてしまったことに後悔した。

オレは自分のやり方を貫くべきだったのに。

「彩奈」

「え」

オレは彩奈の両肩をつかみ、真っすぐ目を覗《のぞ》き込む。

「オレは彩奈のことが好きだ、大好きだ」

「………う、うん……」

「彩奈もオレのこと、好き？」

「……うん」

「じゃあ結婚しよう」

「うん…………うん？」

「今すぐ、オレと家族になろう」

「うん？」

しゅん、と彩奈の涙が引っ込んだ。

◇　◇　◇

「なあ春風ー。リク、なんて言ってたの？」

アタシは春風に誘われて、春風の家に泊まりにきていた。

同じような立場にいる者同士、親睦を深めたいと言われたら断れない。それに春風はアタシから見てもかわいらしい女の子で、悪意のない笑みに心を引き寄せられる。

……前まで腹黒そうな女の子だなって思ってたけども。ほんとごめん。

アタシと春風は、これまでのことを笑み混じりに話し合った。

主にリクについての話題が多くなったのは自然だと思う。

そしてついさっき、春風はリクからの電話に応対していたのだった。

「ちょっとした悩み相談かな」

「悩み相談……。やっぱりそういうとき、リクは春風に頼るよねぇ……」

「私とリクちゃんの仲だから当然だよ」

「……そういや、リクがこっちに帰ってきてから、なにか話した？」

「なにかって？」

「ほら、リクは添田さんの家にいて、春風に会えない時間があったじゃん？　だからリクのやつ、久々に春風に会えて嬉しさのあまり尻尾を振ったんじゃないかって思って」

「あはは、そこまでのわんちゃん扱いは可哀《かわい》そうだよ。うーん、なんにも話してないよ。普通かな」

「まじで？」

「まじだよ。お、久しぶり～もなかった。今朝方ぶりみたいな反応だったね。これまでにあったことは話してくれたけど」

「なんか、そう聞くと薄情に思える……」

「それだけリクちゃんの頭の中は彩奈ちゃんでいっぱいなんだよ」

春風は嬉しそうに微笑《ほほえ》み、思いを馳《は》せるように天井を見上げた。

春風もリクのことが大好きなくせにな……。

アタシは敗北感を抱かずにはいられなかった。

◇◇◇

「え、え…………え」

「オレと家族になろう、彩奈。今まで、ちゃんと言葉にしなかっただろ？　オレ、気持ちとしては彩奈と一生一緒にいるつもりだったけど――――」

「リクくん！」

それまで暗く沈んでいた人の声とは思えない、迫力のある叫びだった。思わず黙る。

「なにを……なにを言ってるの⁉」

「彩奈？」

「私たちの関係、わかってる⁉」

「わかってるよ」

「わかってない……わかってないよ！　まったくわかってない‼」

「わかってる」

「わかってないってば‼　私のせいで……あの事故は起きて…………みんな、みんな不幸になったんだよ⁉　お母さんとお父さんを死に追い込んで、リクくんの家族も……！」

「それも、わかってる」

「リクくんおかしいよ！　こんな私に…………おかしいよ！」

「かもな」

「私に好きって言ってもらえる資格はない……リクくんから優しくされる価値もない！」

「彩奈――」

「私は‼　人殺しなの‼」

「…………」

「距離を……距離を置かせてよ‼　それがダメなら……せめて――」

「彩奈」

「えっ」

オレは包み込むように彩奈の両頬に手を添える。

その唇を見つめ――顔を寄せた。

「――」

唇が合わさる。なにかを感じる余裕はない。ただただ唇を押しつけるだけのキス。

「……」

ゆっくりと唇を離す。

「彩奈？」

「あ、あ……え？」

彩奈の顔はカチコチになっていた。目を大きく開き、口を金魚みたいにパクパクさせている。思考が現実に追いついていない様子。さっきまでの激情はどこへやら。

………オレの言葉を届けるなら、今しかない。

「考えてみたことがある」

「リクくん？」

「もしオレが彩奈の立場だったらどうなるんだろうって。きっと……いや、間違いなく耐えられない。想像しただけでも正気を失いそうになる」

彩奈のように自分を責め続ける人生を送ることになるだろう。

立ち直れる気がしない。

今のオレは被害者側だからこそ陽乃に頼ることができた。

もし加害者側であった場合、オレは陽乃に頼るどころか話しかけることもできない。

自分にそんな資格はないと、陽乃に頼る資格はないと必ず思い込む。

「事故のことは忘れてくれとか、絶対にお願いできないし……気にしないで、とも言えない。優しくされて負い目を感じるな、なんて絶対に不可能だ。あれは一生忘れられない出来事だから…………忘れちゃいけない出来事だから……」

「…………うん」

「彩奈はこれからも自分を責めると思う。何度も何度も自分を責めて、自分の心を傷つけると思う。彩奈は、自分を大切にできないと思う」

「……できるわけ、ないよ」

「ああ。だから、その分……彩奈が自分の心を傷つけた分……いや、それ以上に、オレが彩奈を愛する」

「え……？」

困惑を表すように彩奈はまばたきをくり返した。

「彩奈が自分を愛せないなら、オレがその分、彩奈を愛する。呆《あき》れられるくらい、たくさん愛する」

「あいっ…………！」

「いつか……いつか自分を許して、自分は幸せになっていいと……彩奈にそう思えるようになってほしい」

「無理……だよ」

「オレがそばにいることで、彩奈に負い目を感じさせる。でも、オレは……負い目を感じ、自分を傷つける彩奈をも受け入れて愛する。彩奈をすべてから守る。いつか、いつの日か、彩奈が自分に幸せを許せる……そんな日がくるはずだから」

「か、勝手なこと言わな――――んむっ」

もう一度、キスした。強引に唇を合わせて言葉を封じる。

最初の一瞬は理解できずに固まっていた彩奈だが、すぐに理性を働かせ、オレの胸を突き飛ばして距離を取った。

「ま、また……！」

「彩奈、好きだ」

「っ……。り、リクくんには春風さんがいるでしょ⁉　カナもいて……。私なんかを選んで、つらい人生を歩もうとしないでよ……」

「つらい人生でいい」

「え」

「彩奈となら、つらい人生でいい」

「………………おかしいよ」

その小さな一言が、彩奈にとって最後の抵抗なのだろう。さっきまでのように感情任せに突き放そうとはしてこなかった。胸を隠すように自分の体を抱きしめ、オレの顔から視線を落としてシーツを睨《にら》む。

「償いって言うなら、自分を許す努力をしてほしい」

「……それ、償い……じゃない」

「償いになる。だって、自分を許すことが彩奈にとって一番難しいことだから」

「……………」

彩奈は顔を上げず、そのまま口を閉ざした。いろいろ考えているようだ。

「……リクくん……卑怯《ひきょう》」

「彩奈の方が卑怯だ。一方的にオレから逃げるしさ」

「……リクくんが、おかしいの……………。普通、追いかけてこないよ……………」

「オレが普通じゃないの、もう知ってるだろ?」

「……………うん」

あっさり頷《うなず》いた彩奈。自分から言ったんだけど普通に肯定されると思う部分があるな。

……オレは、これからも彩奈を苦しめる。

そばにいることで負い目を感じさせ、記憶の改ざんで楽にしてあげることも許さない。

でも、その先にオレたちの未来はあるはずだ。

「あー困ったな。年齢的にも今すぐ結婚は無理だ」

「当たり前……だよ」

張りつめていた空気が緩んでいくのを感じる。彩奈と心を通わせた手応えはあった。

「オレの気持ち……受け入れてくれる？」

「受け入れるしか……ないよ。リクくん、私が離れても……どこまでも追いかけてくるし
……。あんなこと言われて……」

ごにょごにょと文句を言う感じの彩奈。微《かす》かに頬は赤く染まっており、首からその下に
かけても火照《ほて》ったように赤くなっていた。

「っ」

オレの視線を感じ取った彩奈は、ますます体を小さくさせて大事なところが見えないよ
うに手と腕で隠す。しまった、彩奈が裸なのをすっかり忘れていた。

「あー、えーと……これ、どうぞ」

今すぐなにか着せなくては、と慌てたオレは自分が着ているTシャツを脱いで彩奈に差
し出した。彩奈は若干迷う素振りを見せ、オレの上半身を見て咄嗟《とっさ》に視線を逸《そ》らす。

「あ……ごめん。さすがに脱いだばっかりの服は嫌だよな。彩奈の服を持ってくる——」

「いい」

「え？」

「それ、着る……」

「あ、あぁ……はい」

決してオレと目を合わせず、頬を赤くしたまま彩奈はそう言った。

◇◇◇

その後、オレと彩奈はなにも言わずに一つのベッドで眠った。

真っ暗な部屋の中、互いの体温を感じるように抱きしめ合う。

本当に、一緒に眠るだけ。それで今のオレたちには十分だった。

「リクくん……」

「ん？」

「温かいね」

「お風呂《ふろ》、入ったばっかりだしな」

「……そういう意味じゃないよ」

「くっ……難しいな」

多分、物理的ではなく精神的な意味だったのだろう。

その夜、彩奈はうなされることもなければ泣き叫ぶこともなかった。

◇◇◇

……………ん、と微かに漏れた声を耳にして起きる。

目を開けると、オレの胸に額を擦りつけて眠る彩奈の姿があった。カーテンの隙間から差す朝日に照らされ、Tシャツに隠された体の凹凸に影を生んでいる。

「…………」

柔らかい寝顔を晒《さら》す彩奈を見て、この上ない平和を感じた。

一度も泣き叫ぶことはなく、今もぐっすり眠っている。

「トイレ………」

ベッドから足を下ろし、歩こうとした直後、ギュッと軽く手首をつかまれた。

「彩奈?」

視線をやると、彩奈は横になった状態で薄《うっす》ら目を開け、こちらを見上げていた。

「どこ……いくの?」

「トイレ」

「…………」

なんだかよくわからない無言の時間だ。オレの手首から、すーっと彩奈の手が離れる。

まだ寝ぼけているのだろう、そう結論付けてオレはトイレに向かった。

そして用を足し、トイレから出て——ちょっと驚くことになった。

「おっ、彩奈ぁ」

「…………」

Tシャツだけ着た彩奈が、トイレを出てすぐのところに立っていた。どこか気まずそうに肩を縮こませ、オレをチラチラと見てくる。心なしか頬が赤い。あ、彩奈もトイレか。

「…………」

オレは洗面所で手を洗って部屋に戻る。

「…………」

気配を感じて振り返ると、そこに彩奈が立っていた。恥ずかしそうにうつむいている。

「あれ、トイレじゃないの？」

「…………違う」

「んん？」

意識は戻ったけど、まだオレがそばにいないと不安になるとか？

寝起き直後で喉が渇いていたので、ひとまず冷蔵庫に向かうことにした。

「…………」

ピッタリと彩奈がくっついてくる。冷蔵庫から飲み物を取り出し、部屋に戻る。

その間も彩奈はトコトコとオレの後ろについてきた。ひよこですか？

「……うーん」

試しにオレは部屋の中を歩き回る。当然のように、彩奈もオレを追いかけてグルグル歩き回った。ひよこだ、大きくてかわいいひよこだ。

「彩奈、大丈夫？」

「……別に、なんにもないですけど…………」

「いやあるだろ。昨日の今日だし、なにかあるなら遠慮なく言ってほしい」

相変わらず頬を染めている彩奈はうつむき、ボソボソと恥ずかしそうに言う。

「き、昨日……リクくんに……的なことたくさん言われて…………その……まだ考えちゃうし、私の存在とか…………でも、リクくんのことが…………まあ、そういう……感じ、です」

「な、なるほど」

穴だらけの言葉だったが、彩奈の気持ちは伝わってきた。オレなりに解釈してみる。

「まだ過去は割り切れてないし、自分のことも嫌いだし、まだまだオレに罪悪感とかあるけど、それ以上にオレのことが大好きってことだよな！」

「……わかっても……普通、口にしないよ………」

「彩奈、どうせならこれまでみたいに抱きついてほしい。抱っこでもいいぞ」

「そ、そこまでは……まだ、できない…………かも」

「後ろについてくるのが限界か」

「うん…………」

「好きと罪悪感がせめぎ合った結果、ひよこになっちゃったのか」

「…………ひよこ？」

小首を傾げる彩奈。かわいい。

まあ……昨日よりも前進したのは間違いない。

ほんの少しではあるけれど、彩奈は自分の気持ちに素直な行動はできるようになった。

時間はかかるだろう。それでもいつか、平和な日々を積み重ねることで、彩奈は自分を許し、自分は幸せになってもいいと思えるようになるはずだ。

そう思えるようになるまで……いや、そう思えるようになってからも、オレが彩奈を守る。

「リクくん。一個だけ……わがまま、言っていい？」

「いいよ、いいに決まってる。一個でも二個でも、百個でも言ってくれ」

「……百個もないけど……学校に、行きたいな」

「学校？　学校か……」

「ダメ？」

「ダメじゃないけど……無理、してない？」

「してない、よ。何日も休んじゃったし……ちゃんと行きたい、かな」

彩奈は控え目な言い方をしているが、実際は強い気持ちであることが伝わってくる。

「わかった。一緒に行こう……学校に」

「うん。ありがと、リクくん」

嬉《うれ》しそうに小さく笑う彩奈を見て胸の中が熱くなる。

「それじゃあ、オレからも一個だけいい？」

「うん……なんでも、いいよ」

「ピヨピヨって鳴いて。ひよこみたいに」

「ん、んん……えと……」

戸惑う彩奈だったが、ひよこを意識したように口を軽く尖《とが》らせた。

「…………ピ、ピヨピヨ……ピヨピヨ、ピヨ?」

「…………」

あ、かわいい。

# 二章　かぞく

制服を着た彩奈《あやな》が、「すっごく久しぶりかも……。どう、かな？」とはにかみながら尋ねてきた。見た感じだけではギャルモードのかわいい彩奈。校内一モテる、そう言われるだけの女の子だ。オレは無言でサムズアップをしてみせる。

「……い、いいってこと？」

「もちろん。なんか、めっちゃ懐《なつ》かしい」

オレも久しぶりに制服に袖を通した。変な話だが自分が高校生であることを実感した。

「それじゃあ行こうか、彩奈」

不安そうに顔を強張《こわば》らせた彩奈は、こくっと無言で頷《うなず》いた。

◇◇◇

二人で道を歩き、電車に乗り……学校に到着する。

靴を履き替えて廊下を歩き、教室の前まで来て足を止めた。

「…………私、変じゃない？」

「変じゃない。いつも通りかわいい」

「……かわいく、ないですけど………」

「いやかわいい。もしオレが千人いたら、千人同時に彩奈に惚《ほ》れる」

「よ、よくわからないたとえだね……」

ちょっと口端を引きつらせる彩奈。とはいえ少しだけ緊張は解《ほぐ》されたようだ。ガチガチに硬くなっていた顔に柔らかみが増している。もう少しだけフォローしておくか。

「久しぶりの登校だけど、案外誰も気にしないって。ここに来るまで、一度も話しかけられなかっただろ？」

「……クラスメイトじゃないから……」

「そうだけど……。ま、心配されるくらいで、変なことは言われないと思う」

陽乃《はるの》の話によると、変な噂《うわさ》は生まれていたそうだ。

宝くじが当たってオレと彩奈は海外に移住したとか、交際を親に認めてもらうことができずに駆け落ちしたとか……。

内容からわかるように、面白半分の噂だ。そこまで気にしなくても大丈夫だろう。

「入ろうか」

「うん………」

自分で学校に行く決断をしたとはいえ、不安なものは不安で当然だ。

オレは先陣を切るつもりで教室に踏み込む。

彩奈はオレの背中に隠れて小動物のように気配を殺していた。

「────」

数人がオレたちに気づく。その数人の変化を感じ取った他のクラスメイトたちもオレたちに気づき、それまで夢中になっていたお喋《しゃべ》りをやめた。無駄に騒がしかった教室内は完全な静けさとは言わないまでも、大人しい空気に満ちていく。

「…………」

彩奈はその変化を敏感に感じ、うつむきながら自席に向かい着席した。

オレの席は教室の隅。異様な視線に晒《さら》される中、歩き続ける。

……なんだよこれ。めっちゃ注目されてるんだが。

オレが座ると、クラスメイトたちは一応取り繕う形でお喋りを再開した。

しかし、チラチラと彩奈を気にしている者たちがいる。

オレにも時折視線を向けてくるやつが……。

「変だな、思ったのと違う」

彩奈だけはクラスメイトたちから『星宮《ほしみや》久しぶり！　大丈夫なの⁉』『元気になってよかった～。体調不良だったんでしょ⁉』みたいな感じで明るく迎えられると思っていた。

オレと違って彩奈は人気者だし。

なのに、誰も彩奈に近づこうとせず遠巻きに様子を窺《うかが》っている。

唯一、彩奈の後ろの席に座るカナだけは、気まずそうにしながらも彩奈の背中に話しかけていた。………ああ、ダメそうだ。彩奈は顔を合わせることから逃げるように中途《ちゅうと》半端《はんぱ》に振り返り、なにかボソボソ言って——カナとの話を終わらせた。

カナは見るからに無理した笑みを作り、机に視線を落として黙り込んでいる。

そうか、そうだった。あの二人の間にある問題は、まだ解決していない。

事実だけを見ると、カナは親友の彼氏に手を出そうとした、というものだ。

なんとか……仲直りできるきっかけを作れないだろうか。

「………」

もう一つ問題がある。というよりこっちの方が深刻。

クラスメイトたちの様子がおかしい。

オレと彩奈を——主に彩奈を、腫れ物のように見ている感じがする。

気持ち悪いな。気持ち悪い雰囲気だ。オレは、この吐き気がする雰囲気を知っている。

「リクちゃん。いい？」

「陽乃……？」

珍しく元気を失った陽乃に話しかけられた。

オレは席を立ち、陽乃に導かれて教室から出ていく。

人気《ひとけ》がないところまで歩き、陽乃は立ち止まってこちらに振り返った。

「リクちゃん、ついさっき連絡したんだけど……間に合わなかったね」

「なにかあったのか？　ああ、いや……ごめん、わかったかも」

「……うん」

陽乃が沈痛な面持ちで頷いたことから、残念にもオレの予想は当たったことがわかる。

「えとね、噂が……ううん、噂じゃなくてね……あの事故のことが、教室内に広まっていて……。ほんと、今朝のことなんだけど」

「知っているのはクラスメイトたちだけ？」

「うん。私とカナちゃんが必死にお願いしたから……他の人に言わないでって」

「でも広がるだろうな」

「……」

陽乃は否定しなかった。中学時代を思い返せば、否定できる根拠がないのがわかる。

「二人とも、しばらく休んでたでしょ？　それでクラスの子が興味本位からリクちゃんと彩奈ちゃんについて調べて……あの事故のことを知っている人にたどり着いて、いろいろ聞いて……」

「それで今朝、クラスの連中に喋ったわけか」

「うん………」

「まあ……そうなる可能性はあったよなぁ」

どこか他人事《ひとごと》のようにオレは呟《つぶや》いていた。

むしろこれまで知られなかったことが奇跡だな、とさえ思った。

いくら実名報道されなかったとはいえ、事故のことをある程度知る者は必ず存在する。

「彩奈の両親については？」

「それも……うん、みんな知ってる」

「次から次へと……」

「リクちゃん？」

いや、これがオレの選んだ道だ。どんな問題が起きようと、オレが彩奈を守る。

「一応聞くけど、オレと彩奈の今の関係について誰かに――」

「話してない。話さないよ」

「そっか……ありがとう陽乃。今までのこともそうだけど、助けてくれて」

「これくらい当然だよ。本当は、もっと——」

「十分だよ。ありがとう」

自分を責める陽乃に、優しい喋り方を意識してオレは言った。

そうしてオレたちは教室に戻り、自分の席に座る。

「………彩奈」

オレは彩奈の丸まった背中を見つめる。寂しそうな雰囲気が漂っていた。

かつてはクラスで一番の輝きを放っていたギャル系の女の子。

それが今では悪い意味で目立ち、居場所をなくして孤立しているように見えた。

◇◇◇

休み時間になると、彩奈は即座に姿を消した。顔を上げずにコソコソと教室から出ていってしまう。誰にも話しかける暇を与えない。オレから近づこうにも、あれだけの拒絶オーラを出されては近づけなかった。というより、オレと彩奈がみんなの前で話をするというだけで変に目立ちそうでもあった。

「リクちゃん……彩奈ちゃん、大丈夫かな」

「……大丈夫、とは言い切れない。昼休みにこっそり話しかけてみるよ」

とは言ったが、昼休みになってもオレは彩奈に話しかけることはできなかった。

スマホで連絡してみたが確認さえしてもらえない。

彩奈はお弁当を持ち、さっさと教室から出ていってしまった。

「…………」

あれだろうな、今はオレとも話をしたくない……というわけか。弱ったな。

カナも彩奈に話しかけようと隙を狙う動きを見せていたが、結局一度も話しかけることができずにいた。これはもう放課後まで待つしかなさそうだ。

◇◇◇

学校での一日は終わり、クラスメイトたちは予定に合わせて動き出す。彩奈も立ち上がって教室から出ていき、早歩きで去ってしまった。

久々の登校、最悪の出だしと言える。

一つだけ救いがあるとすれば、オレと彩奈はクラスメイトたちから一度も話しかけられなかったことか。責められるわけでもなく、同情をされるわけでもなく……遠巻きに様子を窺われ、距離を置かれていた。

もし心配の声をかけてもらっても、こっちは逆に気を遣った発言をするしかない。

それなら何事もなかったかのように接してもらう方が嬉《うれ》しいし、それができないなら今のように距離を置いてもらった方がまだ精神的な負担はマシだ。

「なあリク……アタシ、さ」

「ごめんカナ。彩奈を追いかける……話はまた後で。今晩、オレから電話するよ」

「あ、ああ……うん」

不良系ギャルのカナとは思えないような低姿勢で話しかけられたが、今は彩奈を優先したい。オレは鞄《かばん》を持って急ぐが、昇降口に来ても彩奈の姿はなかった。

仕方なく学校を出て、スマホを触りながら家路につく。

彩奈に電話しようとした直後、通り過ぎようとした電柱から「リクくん」と話しかけられた。ビックリして足を止める。

「……彩奈?」

「………」

電柱の裏から、ひょっこりとバツが悪そうにする彩奈が出てきた。もう本当に小動物じゃん……。ささっと近くに人がいないことを確認する仕草に、一層そう思えた。

「彩奈、一緒に帰ろうか」

「…………うん」

どうしたの？　とか聞く必要はないと思った。オレたちは並んで歩く。

「私たちのこと…………知られたん、だよね」

「みたいだなー」

「…………」

「生きる環境を変えることも、大切だと思う」

「……私は今の環境で生きたい。これは私が受けるべき罰だから……。加害者だもん」

彩奈の気持ち、言っていることもわかるが、一種の自傷行為にも思える。

……これからも、たくさん彩奈に優しくしよう。

「そういえば昼休み、どこ行ってたの？」

「…………レ」

「え？」

「トイレ」

「…………」

「…………」

脳みそが停止してオレは足を止めてしまった。釣られて彩奈も立ち止まる。

「え、と……便所飯ってやつ？」

「うん」

えぇ……あの彩奈が？　校内で一番モテると言われる彩奈が？

「私……慣れてるから」

「便所飯に？」

「うん。中学のとき……ずっとトイレでご飯食べてた……」

「中学のとき……」

多分、あの事故が起きてからのことだろう。

その時期、オレも……トイレで昼ご飯を食べようか考えたことがある。

周囲の視線と態度があまりにも鬱陶しかった。

まあ陽乃がいてくれたから教室で食べていたけど。

「でも……上からトイレットペーパー投げられたり、水をかけられたりして……お弁当、ぐじゃぐじゃになったこともあって——あ、ごめんね、どうでもいい話……」

いじめだ。

「大変、だったな……本当に大変だったと思う」

「大変、じゃないよ。私がしたことを考えれば……大変じゃない」

「彩奈……」

うつむき、トボトボと歩き出す彩奈。

いつの頃からだろう、彩奈は下を見つめるのが当たり前になっていた。

前を向いて笑う、それができるようになるまで時間がかかりそうだ。

オレは彩奈の隣に並び、歩く。ふとカナのことを思い出した。

「彩奈、率直に聞きたいことがあるんだけど」

「なにかな?」

「カナのこと、どう思ってる?」

「…………」

再び彩奈は足を止め、言葉を選ぶように考え始めた。

「……親友、だと今でも思ってるよ」

「そうだったんだ。良かった」

「でもね、どう顔を合わせればいいのか……なにを話せばいいのか、わかんない。カナも
……リクくんのこと好きだから………」

「あー……。カナは、協力者としてオレたちのためになる行動をしたいと言ってくれた。恋愛に関して、気にすることはない……ってオレが言うのはおかしいよなぁ」

オレが原因というか、中心人物だし。カナから想《おも》われる、そのこと自体は嬉しいし。

「カナに怒ってるとか、ない？」

「怒ってないよ。私、リクくんとカナはお似合いだと思うもん」

「オレは彩奈一筋です」

「嬉しいけど……複雑かも」

そう言われるのも理解できる。

オレが彩奈から離れていれば、一見は丸く収まったような形になっていたから。

「カナと仲直りしたい、その気持ちを確認できてよかった」

「仲直りしたいとは……思ってないよ」

「え、まじ？」

「私が近づくと……カナを嫌な気持ちにさせちゃうだろうし、学校で目立っちゃう……」

「そういうの、カナは気にしないと思うけどな。あの年なのに、スク水で海に行ったくらいだぞ」

並の高校生には不可能な所業をカナは達成した。

それに普段の言動からわかる。

カナは周囲からどう思われようと自分を貫く強い人間だ。

その分、自分に負の感情を抱いたときは一気に落ち込むみたいだけど。

「そ、それに私……ひ、人殺し――」

「彩奈」

すかさずオレは彩奈の手を握り、じっくりと至近距離から目を見つめた。

「リクくん？」

「カナと……ちゃんと話し合うべきだとオレは思う」

「んん……でも、でも……私……」

「彩奈」

「……うん……そのつもりで、頑張ってみる」

「よかった」

「も、もしね……カナと話し合うってなったとき……リクくんにもいてほしい……。いい、かな？」

「いいよ。一緒に頑張ろう」

オレが同席する。事情を話せばカナはわかってくれるだろう。

話は終わり、そのまま手を繋《つな》いだ状態でオレは彩奈と歩き出す。

「あ、あのリクくん……手、手…………ううん、なんでもない」

遠慮、恥ずかしさ、罪悪感……。

色んな感情が合わさり、彩奈は一瞬の間に葛藤したのだろう。

しかし最終的には頬を赤くし、オレと手を繋ぐことを受け入れた。

こうやって、ちょっとずつ彩奈の凍った心が溶けていくみたいで嬉しかった。

◇◇◇

下校中、晩飯の食材を買うために彩奈とスーパーへ行く。

ちらほらとお客さんの姿はあるが、制服を着ている人はオレと彩奈の二人だけだった。

オレはカートを押して彩奈のあとをついていく。

料理は交代制になったが、やはり主導権を握るのは彩奈。オレも料理できるようになったとはいえ、彩奈の方が上手なので基本的にオレは従う側だった。

「リクくん。なにか食べたい物ある？」

「彩奈の手料理」

「それ、答えになってないよリクくん」

彩奈は少し困ったように笑う。しかし、そう答えられるのは予想していたらしい。気にした様子なく食材を手に取り、カートのカゴに並べていく。

「…………」

日常を噛《か》みしめながら彩奈を眺めていると、なぜか昔を思い出した。

交通事故が起きる数日前のことだ。家族でスーパーに行き、そのときもオレはカートを押していた。そしてカートに小学生の妹を乗せ、スーパー内をげらげら笑いながら爆走したのだ。めっちゃ楽しかった。妹も興奮していた。両親はぶちぎれた。その日、オレは晩飯を抜きにされた。泣きながら寝た。

「……はは」

思い出し笑いをしてしまった。

自分でもバカだなーとは思うが、平和で幸せな時間だった。

◇◇◇

晩。彩奈が作ったナポリタンを、彩奈と一緒に食べていた。

思えば……このアパートでの暮らしもオレにとって当たり前になっている。

オレはフォークを持つ手を止め、ナポリタンを口に運ぶ彩奈を見つめてしまった。

「……んっ、リクくん？　な、なにかな？」

オレの視線に気づき、彩奈は戸惑ったようにオロオロする。

「いや、普通だなーって」

「えと、味が？」

「違うよ」

「……私の見た目が……地味ってこと？」

「違う違う、平和ってこと。普通最高ー」

これからもこんな日常を過ごせる……そう考えただけでも胸がいっぱいになった。

「ね、ねえリクくん」

「ん？」

「将来のこととか……考えてる？」

「もちろん。男の子なら順平《じゅんぺい》とか大輔《だいすけ》、女の子なら莉子《りこ》とか紅葉《もみじ》がいいなって思ってる」

「も、もう！　気が早いよリクくん！　子供の名前なんて、そんなまだ――」

「いや孫の名前」

「なんでよ」

ジト目でつっこんでくる彩奈。久しぶりに呆《あき》れられてしまった。

「…………」

「彩奈？」

なにかを考えるように時間を置き、彩奈の表情が暗くなる。

そのことが気になって名前を呼んでみたが、パッと彩奈は顔を上げて「なんでもないよ、ごめんね」と言って首を振り、食事を再開した。

将来のこと、か…………。

◇　◇　◇

お風呂《ふろ》から上がったオレは涼むつもりでベランダに出た。

柵に寄りかかり、無数の星が浮かぶ夜空を眺める。

「あー……カナに電話しないとな」

ポケットからスマホを取り出し、カナに電話をかけた。すぐに繋がる。

「もしもし……リク？」

「うん。今、時間大丈夫？」

「アタシは大丈夫だけど、そっちは……彩奈は、なにをしてるの？」

オレは振り返って、部屋の中にいる彩奈を確認する。

「彩奈は髪の毛を乾かしてる」

「そっか……」

「カナ？」

「リクもすごいな……」

「なにがだよ」

「本当に彩奈と過ごせてるじゃん。彩奈、前は喋《しゃべ》ることもできない状態だったのに……今日、学校に来て……。リクの力じゃん」

「どうしたんだよカナ。なんか暗いぞ」

「アタシ、協力者って言ってんのに……なんにもできてないなって思ってさ」

「そんなことないだろ……」

どうにもカナは思い詰めているようだ。

さすがは彩奈の親友というべきか、カナもカナで自分を責める癖みたいなものがある。

「彩奈に……どう話しかけていいのかも……わかんないんだよね」

「うん」

「アタシがしたことは最低だし……なにがなんでも謝りたいんだけど、その隙がないっていうか……せめて、ちゃんと謝りたい」

「そうか」

「ごめん、リクも大変な立場なのに……こんなこと言っちゃって」

「いや、オレも思ってたんだよ。彩奈とカナは話し合うべきなんじゃないかって」

二人は互いへの思いをずっと抱え、気にしている状態だ。

早いうちに吐き出した方がいいだろう。

「アタシのこと、彩奈はどう思ってるか……聞いてもらうことってできる？」

「もう聞いた」

「はやっ」

「仲直りしたいけど、自分のせいでカナを嫌な気持ちにさせるかもって気にしてる」

「はぁ……なにそれ。彩奈らしいとは思うけど、もっとさぁ……アタシに怒れよ。なんで

自分よりも相手を……」

謝る立場であるはずのカナが呆れてしまうほどだった。オレもそう思う。

「そういう女の子だから、以前はカナが彩奈を守っていたんだろ？」

「そうだけどさぁ……そうだよねぇ……うん。リク、彩奈に会わせてもらうこと……できないかな。アタシから話しかけても、彩奈は離れちゃうし……」

「任せてくれ」

「ありがと。あと、さ……そのとき、リクにもいてほしいんだけど……ダメ？」

「ははっ。カナと彩奈は似てるっていうか、親友って感じだな」

「は？　急になに？」

「同じことを言うし、あと行動も似てる」

オレにもいてほしいとか言ったり……他にも、服を脱いでオレに迫ってきたり……。

オレも二人の前で全裸になったことがあるので、考えようによっては五分五分の関係。

お互いに裸を見せ合った関係だ。

…………あれ？

そういえば陽乃だけは裸になってないな。

さすがはオレの幼馴染《おさななじみ》、一番常識のある存在だ。

◇　◇　◇

土曜日の午前。場所は明るい雰囲気のカフェ。オレと彩奈の対面に座るのはカナ。

この場に渦巻く重苦しい雰囲気が、最初の一言を難しくさせる。

先に来ていたのはカナだった。オレと彩奈が来るなり、気まずそうに軽く手を上げて「う、うす……」と呟《つぶや》き、それを見た彩奈は「うん……」と頭を下げていた。

驚くほどに空気が重たい。彩奈はテーブルに置かれたアイスカフェオレをずっと見ている。カナは忙《せわ》しなく視線をあちこちに送っていた。

「二人とも、ちょっといい？」

彼女たちの視線をオレに集め、「リクくん？」「なに？」と言わせる。

「お願いされたから来たけど、オレのことは置物だと思ってほしい」

オレにも関係あることだが、やはり彼女たちの問題。オレがでしゃばりすぎるのも良くない……と思う。

「置物……リクは置物……了解」

「ご、ごめんねリクくん。来てもらって」

大したことない会話だったが、喋ったおかげでプレッシャーから解放された気がする。

そしてオレの立場は置物として確定した。気持ちが楽になり視野が広がる。

「あ、あの……アタシ……っ……その…………」

「彩奈。あの店員さんの名字、五東粉光さんだって。珍しいよな」

「ほんとだ。珍しいね」

「アタシ……その…………アタシ……っ」

「うげっ、にがっ……にがっ、このコーヒーにがっ……うげっ」

「リクくん大丈夫？　私のと交換する？」

「アタシ……ずっと考えてて……でも……っ」

「あ、天井付近にハエが飛んでる」

「ほんとだねー」

「アタシは――いや聞いて⁉　聞けよアタシの話を‼」

「「っ！」」

バンッと机を叩《たた》きながらカナは立ち上がり、店内に響き渡るほどの怒声をあげた。

「リク、アンタ置物じゃないの⁉　うるさいわ‼」

「お、落ち着けよ……みんな、見てるぞ？」

「うぅ……アタシが悪いのかよ」

店員さんとお客さんたちにジロジロ見られ、カナは不満を漏らしながら腰を下ろした。

「彩奈も彩奈でおかしくない？」

「なんでリクと一緒にほのぼのとしてんの……」

「え、私？」

「あはは……ごめんね」

机に肘をついて頭を抱えるカナに、彩奈は苦笑交じりに謝った。

「でもカナ、オレのおかげで重い空気が吹き飛んだだろ？」

「リク……アンタまさかそこまで考えて――」

「いや考えてないけど」

「だろうねー」

カナは真顔で何度も頷《うなず》き、「それがリクだから」と小声で呟いた。

それからカナは仕切り直すように深呼吸し、彩奈を見据える。

「彩奈」

「はい」

「ごめんなさい」

単純な一言だからこその重みがあった。カナは額をテーブルにぶつけるくらい頭を深々と下げる。もしテーブルがなければ土下座していたかもしれない。

「カナ、頭を上げてよ……」

「アタシは本当に最低なことをした。親友の彼氏を好きになって……彩奈に苦しい思いをさせた。本当に、ごめんなさい」

頭を下げたまま謝罪するカナの真剣さを目《ま》の当たりにして、オレは身動きができなくなる。まさに置物。カナからは気迫すら感じた。

重い沈黙が漂い始めた瞬間、彩奈の優しい声が空気に浸透する。

「人を好きになることは……悪いことじゃないよ。たとえ、親友の彼氏でも」

「そんなこと――――」

「カナ、私を見て」

彩奈から諭すように言われ、カナはゆっくりと頭を上げた。

微笑《ほほえ》み混じりの優しい顔をする彩奈とは対照的に、カナは苦しそうに顔を歪《ゆが》めている。

「誰かを好きになるのは、すっごく良いことだと思うの……。だから、カナには自分の気持ちを大切にしてほしいな」

「………っ」

なにかを言いたそうに唇を尖《とが》らせるカナだったが、納得したように口を閉じて重く頷いた。今の彩奈からは優しくも力強い雰囲気が放たれている。心の底からカナに寄り添っているのが伝わってきた。

──自分の気持ちを大切にしてほしい、その素敵な言葉を自分にも言ってあげてくれ。

「彩奈……ありがと。アタシの方が慰められちゃった」

「ううん、私もカナに助けられてばっかりだったし……。おあいこだよ」

「おあいこ……」

「カナ？」

「実はさ……リクの頬に………ちゅう、した」

「えっ」

「好きになるのはよくても、その先はダメだから……ちゃんと謝りたい。ごめんなさい」

またしても頭を下げるカナを見て、彩奈は言葉を失っていた。キスまでは想定外だったらしい。

「彩奈、ごめんなさい」

「え、あ………」

彩奈はオロオロと困惑し、ちらりとオレの頬に視線をやる。

その視線はツーッと横にずれてオレの唇に留まった。そして、かーっと彩奈の頬が赤く染まっていく。どうしたんだ？

オレは尋ねようとしたが、彩奈がカナに向き直ったので黙ることにした。

「カ、カナは……あの晩、後悔してて……自分に死ねって言っちゃうくらい後悔してて……反省してくれているから……許します……」

「彩奈、実はもう一個あって……」

「え、まだあるの？」

「アタシ……裸になってリクを押し倒した。それ以降のことは……リクに断られてしてないけど……」

「ええもう、いろいろやっちゃったんだねカナ……。うーん、もういいよ。許す」

「言葉だけじゃダメだ。彩奈、アタシにビンタして」

「び、ビンタ？　嫌だよ」

「それくらいじゃないと、おあいこにならない」

カナは頭を上げ、ためらいなく彩奈にそう言った。なんて男気。

「あのねカナ。私は今でもカナとリクくんはお似合いだと思うし……そうなってくれたらいいなって、今でも少し思ってる。それにあの状況、カナの行動は……間違ってないよ。リクくんが……おかしいの」

自分の彼氏をおかしい呼ばわりするのか……。地味にショックを受けるオレ。

「アタシはそうは思わない。リクが正しかった……いや、正しくした。アタシは間違えた。

だから、償いをしたいの」

「償い…………」

その言葉は彩奈の心を揺らしてしまう。

「……わかった、カナ。ビンタするね」

「全力でお願い」

彩奈は決意に満ちた表情を浮かべ、カナに頷いた。そしてテーブルに身を乗り出し、手を振り上げ――思いっきりカナの頬に振り下ろした。パンッ！　乾いた音が鳴る。

店内の注目を集めることになるが、今の彩奈とカナには関係ない。

ビンタ直後の姿勢で固まる彩奈と、頬をじわじわ赤くさせるカナ。

彩奈は席に座り直し、息を整える。

「カナ……これで今回のことは終わり……でいい？」

「うん。彩奈と話ができてよかった」

二人は一件落着と言わんばかりに、同時に飲み物を飲む。

すごいな、これが女の子の仲直りの仕方なのか……。もっとドロドロとしたイメージだった。殴り合って絆《きずな》を深める少年漫画を思い出したぞ。

「彩奈、明日犬カフェに行かない？」

「楽しそう――あ、でも私……学校であれだし……もし誰かに見られたらカナも……」

「アタシ、そんなの気にしないってば。他人がなにを言ってこようと、どうでもいいでしょ。セミの鳴き声みたいなもん」

「カナは相変わらずだね……」

「周りがなにを言っても、彩奈が自分のことをどう思っていても……アタシは彩奈の親友でいたい」

「カナ……」

そこに彼女たちだけの空間が生まれていた。誰も立ち入ることができない。

平和な雰囲気の中、カナがニヤリとしながら「それに、彩奈になにかしようとするやつが現れたらアタシがぶん殴ってやる」と得意げに言い、焦《あせ》った彩奈が「ぼ、暴力はダメだよ」と止め、カナはおかしそうに笑って応える……。慣れたやり取りだ。

置物を自称したくせにオレは孤独を感じ、思い切って発言することにした。

「犬カフェかー。いやぁオレ行ったことないなぁ。楽しみだ」

「いやリクは誘ってないし」

「え！」

「流れでわかるっしょ？　アタシと彩奈、二人で行くの」

「ごめんねリクくん……。明日はカナと二人で……行きたいな」

「くっ……寂しいけど仕方ないか……！」

そう言いながら小躍りしそうなくらい嬉《うれ》しい気持ちがこみあげていた。

今回のことで彩奈は明るくなった。昨日よりも自分の考えや気持ちを主張するようになった。心に重圧をかける問題をまた一つ解消し、身軽になっている感じがしたのだ。

それにオレとばかり過ごすよりも、親友のカナと過ごす時間も作った方が、きっと彩奈の幸せに繋《つな》がる。

着実に、理想とする人生……元の生活に近づいていた。

「つうかリク、いつまでいるの？　もう帰っていいよ」

それは酷《ひど》い。

◇◇◇

彩奈とカナが仲直りした日の翌朝。かわいらしい服に着替えた彩奈が出ていこうとする。

昨日までなら遠慮しつつもオレにくっついてきたのに……。

「リクくん、それじゃあ行ってくるね」

見送るべく玄関に立ったオレだが、その言葉に返事ができなかった。

「リクくん？」

「正直、寂しい」

「え、と……やっぱり私……家にいた方がいい？」

「いや出かけた方がいい」

「ええ……どうすればいいの？」

困り顔の彩奈。くそ、今までになく複雑な心境になっているぞ、オレ。

だが元の理想的な生活に戻るためにも、これは我慢しなくてはいけない。

「彩奈……い、いぃ……いっ……いって、いってら……くぅ！」

「え、ヘルニア？　すっごく痛そう……」

腰ではなく胸の中が痛いのだが、思わず前屈《まえかが》みになってしまう。

「リクくん……これで、いいかな？」

「彩奈――」

ギュッと優しく抱きしめられた。思えば彩奈から抱きしめられたのは久々かもしれない。

……ん、むしろ初めてじゃないか？　オレも彩奈を抱きしめ、ぬくもりを共有する。

「彩奈……」

ひとしきり抱擁を堪能《たんのう》した後、オレは彩奈にキスしようと思い、その顎に手を添えて顔を近づけたが——。

「っ……ダメ」

「え……」

「まだ、明るいし……」

「夜になったら……いいの？」

「うん……」

照れくさそうに、小さく彩奈は頷《うなず》いた。かわいらしくて胸が熱くなる。

「それじゃ……いってくるね」

「……いってらっしゃい。車に気をつけて」

「うん」

「あと変質者にも」

「うん」

「あと上から降ってくるハトのフンとか——」

「大丈夫だよ！　いってきます！」

バーンとドアを開け放ち、ついに彩奈は出ていってしまった。あーらら。

金属の軋《きし》む音を響かせ、ゆっくりと閉まるドア。

一人になり、孤独特有の寂しさが心の奥深くに忍び寄ってくる。だが――。

「ヤバい……さっきのやり取り、恋人感がある……付き合ってる感がすごいぞ……！」

今すぐ羽ばたけそうな幸福感。本当に二階から飛んでみようか。

「すべてが……報われているなぁ。人生が好調すぎて逆に怖い」

今からどうしよう。そういえばオレの家はほったらかしだ。掃除をしに帰ろうか。

◇◇◇

「あれ？　リクちゃん？」

久しぶりに我が家へ帰ると、なぜか陽乃が家の中を動き回っていた。手には雑巾が握られている。部屋の隅にはモップとバケツが置いてあった。

「陽乃、もしかして掃除してくれているのか？」

「うんっ。リクちゃん、彩奈ちゃんの家にいるでしょ？　だから私が黒峰《くろみね》家を綺麗《きれい》にしとかなくちゃ」

「陽乃……そこまで……！」

「彩奈ちゃんはどうしたの？」

「カナと犬カフェに行った」

「そうなんだ！　よかったぁ……彩奈ちゃん、元気になったんだね」

「うん……ほんとありがとう」

「いいよいいよ。私、リクちゃんの幼馴染《おさななじみ》だもん」

そう言って優しく笑う陽乃。なにからなにまでお世話になっている……。

「陽乃、オレも掃除するよ。そのために帰ってきたんだ」

「じゃあ一緒に床を拭こっか」

陽乃から絞られた雑巾を受け取り、部屋の奥から床の汚れを拭いていく。

「一つ気になってることがあってさ……学校で彩奈はどんなこと言われてる？」

「んーとね。優しくしたいけど、どう声をかければいいかわかんないって相談されることが多いかなぁ」

オレと同じく床を拭いている陽乃は思い出すように言っていた。ウソではなさそうだ。

「話も広がってないよ。みんな、黙ってくれてる」

「……そうなんだ。意外だ」

「中学の頃と違って、みんな理解してくれたよ。私も……初めてじゃないから、すぐに動けたし……。リクちゃんもそうだったでしょ？」

「オレ？」

「うん。前にね、みんなの前で彩奈ちゃんと付き合ってるってウソを言った」

「あーあれか」

――星宮は、付き合ってもない男を家に泊める。

事実ではあったが納得できるだけの事情はあった。それを説明できない事情もあった。

そこでオレは彩奈の名誉を守るために、クラスメイトたちの前でウソを語ったのだ。

「そんなこともあったなー。遠い昔のようだ」

「まだ一年も経《た》ってないよ」

「濃厚すぎる」

「そうだねぇ。でも、もう秋だよ」

何度も思うが、平和だ。あの交通事故が起きてから、一番の平和を感じている。

交通事故が起きてからの中学時代、オレは完全に心を閉ざしていた。

優しい言葉をかけてくれる人は大勢いたが、行動でも寄り添ってくれたのは陽乃だけだった。陽乃以外の声が雑音にしか聞こえなかった。

実際に雑音もあった。『家族が死んでよく普通に生きてられるよな。俺には無理だわ』

『なんとも思ってないんじゃない？　黒峰、変な奴《やつ》だし』という陰口を耳にすることもあった。全てが、うざかった。なにも知らないくせに、自分の感情のままに発言をくり返すやつら。陽乃だけだった。本当の意味で味方になってくれたのは……。

まあ告白したら振られたけどっ！

「でも……振られたから彩奈と出会えたんだよな……」

オレの幸せは、すべて陽乃から生まれているわけだ。幼馴染最高。

そんなことを考えていたせいだろう、雑巾がけに励む陽乃をじーっと見てしまっていた。

視線に気づいた陽乃は顔を上げ、こちらを見て首を傾《かし》げる。

「どうしたのリクちゃんー。あ、私に見惚《みと》れてるー？」

「うん。陽乃を見ていると元気が出る。日向《ひなた》ぼっこをしている気分になるんだ」

「ふふ、ほんと？　でもね、そういうのは彩奈ちゃんだけに言ってあげたほうがいいよ」

いたずらっぽく笑い、陽乃は雑巾がけに集中する。オレは……陽乃に助けてもらってばっかりだな。もう恩返しができるレベルを超えている。

「ん？」

無機質な着信音が鳴り、スマホを取り出す。

画面には『おじいちゃん』と表示されていた。

「………」

オレは音量をゼロにし、スマホをポケットに押しこむ。

「リクちゃん？」

「ああ、知らない番号。間違い電話だったみたい。気にしないでくれ」

「うん………？」

◇◇◇

着信音が鳴った後のリクちゃんは雑巾がけに没頭していた。

私を見ることもなく、がむしゃらに手を動かしていた。

その逃避にも感じられる行動で、誰からの電話かわかってしまった。

リクちゃんと彩奈ちゃんは順調に幸せな人生に向かい始めている。

けれど、一つだけ不安なことがあった。誰にも言い出せない不安。

………リクちゃん、家族を名前で呼ばないよね。

お父さんとお母さんはわかる。でも妹ちゃんはどうなんだろう。

妹を妹と呼ぶ男子はいるけれど、リクちゃんは別だった。

あの事故が起きる前は、ちゃんと名前で呼んであげていた。

今みたいに、『妹』と呼んでいなかった。

「………」

不安だ。リクちゃんは以前の彩奈ちゃんと違って、事故のことは覚えている。家族のことも覚えている。それなのに事故現場どころか、お墓参りにも行かない。

ねえリクちゃん……命日、過ぎたよ？　夏休みの終わり頃だったよね？

◇　◇　◇

私はカナに連れられて、様々なわんちゃんが働いているという犬カフェに来ていた。

カナが最近になって行くようになったお気に入りのお店とのこと。場所は四階建てビルの三階。店内に入ると、カナは慣れた雰囲気で女性スタッフさんと話をする。

私はカナの後ろから、仕切りになっているペットゲートの向こう側、わんちゃんたちが元気よく走り回る空間を眺めた。壁沿いに何組かのテーブルと椅子が用意されていて、寝転がれそうなマットまで敷いてある。

「わんわん！　わん！」

私たちに気づいた数匹のわんちゃんたちが、ペットゲートに殺到する。目をキラキラとさせ、尻尾を左右に激しく振っていた。かわいい。

「彩奈ー入るよ」

カナに促されてわんちゃんたちがいるエリアに入っていく。

マットに腰を下ろすと、三匹のわんちゃんが早速とばかりに飛びかかってきた。

中でも足が短くて胴長の黒いわんちゃん——ミニチュアダックスフントの子が激しい。ビックリする勢いで私の体に飛びかかり、顔を舐《な》めてこようとする。

「あはは！　ちょ、ちょっともう！」

「さすがリク、彩奈にまっしぐらじゃん」

「え、リクくん？」

「そうそう。その子、リクって名前」

「へぇ……」

私はリクくん（わんちゃん）のつぶらな瞳を見つめてしまう。純粋な光が宿っていた。

「わんっ！」

リクくん（わんちゃん）が、とにかく頭を擦りつけてくる……かわいい。

「人間の方も、家ではそんな感じ？」

「どちらかって言うと……私の方が、こんな感じかも」

「彩奈が？」

うん、と私は照れながら頷《うなず》いた。こんな露骨に擦り寄ることはできないけど……。

「リクくんは優しくしてくれるよ……本当に優しくしてくれる」

「なんとなーく、わかる。リクのやつ、彩奈のことが大好きだからねー」

「…………ごめんね」

「ぁ……謝ることないって！　もうアタシは割り切ったから！　今となっては、なんであんな奴を好きになったのかわかんないくらいだし！」

「リクくんは……あんな奴じゃないよ」

「ごめ――――ってなんだこのやり取り」

カナは自分自身に呆《あき》れながら、膝に乗っているわんちゃんの体を優しく撫《な》でる。

「綺麗ごとに聞こえるだろうけど、アタシは本気でリクと彩奈には幸せになってほしい。二人がくっついて、平和に生きてくれるのが一番良いんだ」

「カナ……」

「だからさ、なにかあるんなら相談に乗るよ？」

カナは私の心に優しく触れるように、小さく微笑《ほほえ》んだ。……見抜かれていた。

私は膝に乗ってきたリクくん（わんちゃん）を撫でながら話すことにした。

「リクくんは優しい……その優しさがつらいときがある。負い目を感じてる」

「リクはそういうの――――」

「わかってるの。でも……ぁぁ、まだ気持ちが追いついてないのかな、一瞬でも一人になると思い出しちゃうし、考えちゃうの。私がいなければ、なにも起きなかったなーって」

「……………すぐに……割り切れることじゃないでしょ」

カナは絞り出したような声を発し、理解してくれようとした。

「そうだね……。今は、今は……リクくんがたくさん好きって言ってくれて……愛するとまで言ってくれて……何度も抱きしめてくれて……まだ、何とかなってるみたい……私」

「…………」

「でも、これからもっと迷惑かける。学校では目立ってて……だけど、クラスの子たちは本当に優しくて、変なこととかしてこなくて……でも、その先のことは……わかんない」

「その先……」

「世間の人たちは……どんな反応するんだろうって。将来のこととか……。事故……私のせいなんだけど、事故が起きてから……世間の人たちに色んなこと言われた」

リクくん（わんちゃん）を撫でていた手が止まる。ぼやぁと視界が滲《にじ》んでいく。

「私のお父さんとお母さん……どんどんやつれていった。顔は青白くなって、髪の毛も白っぽく……目も真っ赤で……家の中は、時計の音しかしなくて……」

「も、もういい！　彩奈──」

「私が……私が原因なのはわかってる。でもね、お父さんとお母さんは……その世間の人たちの声に追い詰められて……それで、私を責めて……その罪悪感で………あんな……あんなことを………」

「彩奈、彩奈！」

喉の奥が詰まる。息ができなくなる。それでも喉に詰まったボールを吐き出すように、言葉を紡《つむ》ぐ。最後まで言わなくては気が収まらない。

「……あんなこと……し、したんじゃないかって……っ………っ！」

ただ怖かった。本当に怖かった。

私が悪いのはわかっている。それでも世間の言葉が怖かった。

私の目からあふれた涙は頬を伝い、顎先から落下する。手の甲にポタリと落ちた。その落ちた涙を、わんちゃんのリクくんがペロッと舐める。そして心配そうな目で私の顔を見つめ、小さく鳴いた。

「彩奈……そのこと、リクに相談した？」

「…………してない。相談しても、大丈夫……オレが守るって言わせるだけだから……」

「彩奈…………」

「リクくんには……もらってばっかり……。私がリクくんの人生を壊したのに……もらってばっかりで……」

どう頑張っても、私の存在がなかったことにはならない。

なら、いっそリクくんの記憶から私を――――。

「彩奈！」

「…………カナ？」

カナが私の両肩を強くつかみ、強引に振り向かせてきた。

「もらってばっかりなら……お返しをしよう！」

「お返し？」

「そう！　お返し！　リクをめちゃくちゃ喜ばせるの！　それも、うれしょんするくらいに！」

「う……うれしょん………」

「まああのリクなら、彩奈になにかをしてもらえた時点で喜びそうなもんだけどねー。もうありえないくらいにリクを喜ばせよう」

「そんなに喜ばせるって……どうすればいいのかな」

自信なく私が尋ねると、カナは悩ましそうに頭を掻《か》きむしり、ボソッと呟《つぶや》いた。

「春風《はるかぜ》に聞くのが……一番だよなぁ」

◇◇◇

一週間が経過した。オレと彩奈は学校において変に絡《から》まれることはなく、一定の距離を置かれることが当たり前の日常になっていた。時折、彩奈に声をかける女子もいるが、どこか気を遣っての喋《しゃべ》り方だった。しかし孤立しているわけではない。彩奈にはカナがいるし、陽乃もそばにいるようになった。三人グループみたいな感じになっている。

学校での日常も安定し、平和な時間が流れるようになっていた。

もちろんオレはボッチ継続中。

そして本日土曜日。昼前。またしても、かわいらしい格好をした彩奈が家から出ていこうとする。なんでもカナと約束があるらしい。

「彩奈。寂しいです」

「そんなかしこまって言われても……」

「オレも行っていい？　メンバー的に問題ないだろ？」

「ごめんねリクくん……。今日はダメなの」

「ひょっとしてオレ……嫌われてる？」

「そうじゃないよ！　でもね、事情があって……リクくんだけはダメなの」

「オレだけはダメ……」

絶望の奈落に突き落とされそうだ。なぜオレだけはダメなのか、その理由がわからないから余計につらい。

「彩奈ー」

「り、リクくんっ。腰に抱きつかないで……！」

オレは情けなくも彩奈の腰に抱きつき、必死にすがりつく。

「リクくん……おすわりっ」

「…………」

その場で正座するオレ。

「よしよ～し」

優しく頭を撫でられるオレ。…………ガチの犬扱いですか？

「ごめんねリクくん。近いうちに……良いこと、あるから！」

「オレは彩奈がいるだけで良いことの連続なんだけど」

「うっ……そう言われると……弱っちゃうかも」

「わかった。今回、オレは大人しく待つ。その代わり……」

「その代わり？」

「今晩、オレは彩奈を抱き枕にして寝る」

「そ、それは……いつもと、変わらない気が……」

「いつもより強めの力で抱きしめる」

「……ん……わかりました。それじゃ、いってきます」

今晩の覚悟を決めた彩奈は、少し急ぎ気味で出ていった。

◇◇◇

「さて……リクちゃんをうんと喜ばせる方法だよね。この一週間、考えてみました」

私の左隣に座る陽乃さんはキリッとしたかっこいい顔でそう言った。そして私の右隣に座っているカナは「楽しみにしてたぞ陽乃ー。冴《さ》えた作戦よろしくっ」と軽いノリで返した。誰から見てもわかるくらい、カナと陽乃さんは打ち解けている。

私も……その輪に入れてもらっていた。

カフェの明るい照明に照らされる中、陽乃さんは「まずね……」と切り出す。

「リクちゃん、もうすぐ誕生日なの」

「へー。あのリクもまた一つ、年を重ねるのか」

私も驚いた。リクくんから誕生日の話は一言も聞いていない。

「一週間考え、私はわかりました。リクちゃんを一番喜ばせる方法は、最高の誕生日プレゼントを用意することだとっ！」

そう力強く言った陽乃さんは鞄《かばん》から一冊の本を取り出し、私とカナに見えるようにテーブルに置いた。その本を見て、私とカナは言葉を失う。

「こ、ここ、ここれ、これぇ……エロ本じゃん！　エロ本じゃん陽乃！」

「そうだよエロ本だよ！」

「ざけんな！　こんなのが誕生日プレゼントになるかよ！」

カナの悲鳴に変わっていく叫びを聞いて私も同感だと頷く。

しかもこのエロ本には見覚えがある。

昔、リクくんが私のベッドの下に隠していたエロ本だ。

「このエロ本はね、リクちゃんから押収《おうしゅう》したものです」

「あ、あいつぅ……こんなもん持ってやがったのか……。つーか、この表紙の子……彩奈に似てね？」

「似てる、ね。私に似てる……」

「そうです！　そこがポイントなの！」

「なにがだよ……。いくらリクでも、これをもらったところで――喜びそうだなぁコンチクショウ！」

「違うよカナちゃん！」

「なにが⁉」

「誰も、このエロ本を誕生日プレゼントにするとは言ってないよ」

「いやそこに出してんじゃん！」

「違うの！　私が注目してほしいのは、このページだよ」

赤面して動揺するカナとは違い、陽乃さんは真剣な表情を崩さず淡々とページをめくっていく。私も頰に熱を感じながらパラパラめくられていく本を見ていた。

「そう！　ここです！　このページです！」

陽乃さんが手を止めたページには、『誕生日プレゼントは……あたしだよ』と照れながら口にする表紙の子がいた……服の代わりに、リボンを体に巻いて。

先に声をあげたのはカナだった。

「いやいや！　これはない！　まじでない！　ごめん引いた！　アタシ、引いたわ！」

「カナちゃん……意外とね、これよりも攻めた性癖を持つ人は……たくさんいるんだよ」

「うっそだろ！　これ以上の⁉」

「いるよ。みんな、実はド変態なんだよ。カナちゃんがうぶすぎるだけ……」

「まじかよ……アタシの方が異端かよ……。え、じゃあリクも⁉」

目を大きく開いたカナが、エロ本に指を差しながら私に聞いてきた。

「あ、あまり……そういう話は……してないから、わかんない」

「ええ！　彩奈ちゃん、リクちゃんとまだこういうことは……？」

「して、ないよ。リクくん……私の気持ちが追いつくの待ってくれてるみたいで……寝る前のキスとか……寝ながらのハグで……ちょっとずつ距離を詰めてくれて……ます」

「…………」

「…………」

なにを言ってしまったのだろう私は。

陽乃さんとカナは顔を赤くさせ、私の顔を見つめてポカーンと口を開けていた。

「あ、え、ごめんなさい！　私……二人の気も知らないで……」

「いいけどよ……んーなんだこれ。聞きたくないようで気になる……でも聞きたくない……あーすっごい複雑」

「それわかるよカナちゃん。というわけで彩奈ちゃん、この格好をしてね」

「うん──うん⁉」

「彩奈ちゃんもリボンを巻いて、リクちゃんの前に出るの……誕生日プレゼントとして」

「それは……！」

「リクちゃんをすっごく喜ばせたいんだよね？」

「そうだけど……他に、ない？」

「ないよ」

「ないんだ……」

「ないっ」

「…………はい」

いつになく真剣な陽乃さんは重く頷《うなず》きながら断言した。ええ。

「それとね、リクちゃんはサプライズが好きなの。いきなりプレゼントとかされると、その場で飛び跳ねて喜ぶんだよ」

「何歳の頃の話だよそれ……」

「中一の頃」

「小一じゃねえのか……ピュアすぎるだろ」

呆《あき》れた感じを出すカナの顔には微笑《ほほえ》ましそうにする優しさも浮かんでいた。

「あの誕生日は楽しかったなぁ。リクちゃんのおじいちゃんとおばあちゃんがね、こっそりリクちゃんの家に隠れてたの。それで、リクちゃんが家に帰ってきた瞬間登場して――リクちゃん、腰を抜かしながら笑って喜んでた。本当に楽しかったなぁ……」

遠くを見つめ、懐《なつ》かしむ陽乃さん。私は心の芯が冷たくなっていくのを感じていた。

「でも今のリクちゃん、誕生日が嫌いなの」

「へー珍しい。どして?」

「妹を置いて年を重ねて、お父さんお母さんに年が追いつくから嫌いだって、言ってた」

「………」

もう、ダメだった。頭の奥まで凍りつく。私は耐え切れずうつむいた。

「――あ！　ごめんね彩奈ちゃん！　ちが、違うの！　私……なにを言って……」

「い、いいんだよ陽乃さん。ううん……私が、私こそが聞かなくちゃいけない話だった」

逃げてはいけない。リクくんは私のために頑張ってくれている。

その気持ちに少しでも応えたい。

これからは、しっかりと現実に向き合いたい。

過去を受け止め、リクくんからの好意を素直に感じたい。

私は顔を上げた。

「陽乃さん、ありがと。また今度、たくさん話を聞かせて」

「うん……」

罪悪感に苛《さいな》まれているのか、陽乃さんは心苦しそうに顔を歪《ゆが》めていた。

重たい空気が漂う。するとカナがコホンと咳払《せきばら》いした。

「えーとさ、リクは誕生日が嫌いなんだろ？　なら陽乃の作戦、危なくない？」

「だからこそ、だよ。これを機に、リクちゃんにはもう一度誕生日を好きになってほしいの。私には無理だったけど……彩奈ちゃんになら、それができると思う」

「陽乃さん……」

私と陽乃さんは真っすぐ見つめ合い、視線を絡《から》ませる。

心が震えるほどの真剣な想《おも》いが伝わってきた。陽乃さんは本当に、本当の意味で……。

「彩奈、本気？」

「うん……。私は本気だよ」

「そうか……リボン、巻くのか。アタシの親友が……こんな姿に……」

「………」

　ちょっとだけ、私の決意は揺れた。

◇◇◇

「コンビニ行くか……」

　彩奈はまだ帰ってこない。夕方になり、体を動かしたくなったオレは財布を持って外に出る。ドアのカギを閉めたところで、隣室のドアが開かれた。にゅっと出てきたのは目の下にクマを作った門戸《もんど》さんだ。いつも通りの不健康人間で安心する。

「やあリクくん。彩奈ちゃんは？」

「友達と遊びに行ってます」

「ほー。かつての日常が戻ってきた感じだね」

　門戸さんは感心したように何度も頷く。しかしすぐに真面目な顔を作った。

「リクくん。君はすごいね……という より、強い人間だよ」

「なんですか急に……。変な持ち上げはやめてください」

「いやいやぁ、本気で思ってるよ。君が歩んできた人生を思うと、本当にね……」

その言葉にウソはなく、心の底から尊敬の念を抱いているようだ。カナもオレにすごいと言っていたな。今となっては頑張った自覚はある。

でも自分のことをすごいとは思えない。結局、やりたいようにやっただけだし……。

「あ、そうそう。リクくんに話があったんだ」

「オレに？」

「うん。いずれ君たちがすることになるだろう、あれについて」

そう言って門戸さんは手に持っていた一冊の本をオレに渡してきた。

思わず受け取り、やはり後悔することになった。

「この流れ、覚えがある――ああうん、エロ本だよなぁ」

「それ、まじのまじでリアリティがあるから参考になるよ」

「…………」

「主役の二人は初めてのことで最初は戸惑うけど、お互いの気持ちを確認し合うように

……お姉さん、興奮しちゃった」

「最低だ。あのですね、オレ十八歳未満なんですよ」

「そうだね。けどさ、スマホでいろいろ見ちゃってるでしょ？」

「…………」

ほんと最低だ。

「その本はリアリティを重視してるから……勉強になるよ」

「勉強に、なりますか」

そういえばオレ、添田《そえだ》さんの家で悩んだよなぁ。必死にイメージトレーニングとかしちゃって……。相談できる相手がいなくて、悩みに悩んだよなぁ。

「リクくん、これはやましいことじゃない。勉強だよ、将来に向けた勉強」

「……将来に向けた勉強」

「そうだよ。みんなしてることだから大丈夫っ」

「売人かよ。言い方が怪しすぎるでしょ」

オレは自分の手にあるエロ本に視線を落とす。表紙には恥ずかしそうに寄り添う高校生くらいの男女が描かれていた。付き合ったばかりなんだろうな、そんな雰囲気を感じた。

「私はね、リクくんと彩奈ちゃんの力になりたいんだ。私だからこそ発揮できる力でね」

「……門戸さん」

本気だ。この人は本気だ。ならばもう、受け取るしかない。

「わかりました。ありがたく――――」

「あ、リクくん……に千春《ちはる》さん。なにしてるんですか?」

「彩奈――っ！」

なんてタイミングで帰ってくるんだ！　オレは咄嗟《とっさ》にエロ本を背中に隠した。

しかし彩奈の目を誤魔化すことはできず、思いっきり怪しまれる。

「ん？　リクくん……後ろになにを隠したの？」

「な、なにも……隠してませんがー？」

「相変わらずウソが下手だね……。見せて」

「その、やましい気持ちは……ないんだ」

そう言いながらオレは、隠していたエロ本を彩奈に渡した。

「わ、あぁ……やましい気持ちしか、ないでしょ……」

パラーッと中身を確認した彩奈は顔を真っ赤にし、なぜかエロ本を鞄《かばん》に突っ込んだ。

「これは……没収します」

「はい…………」

「や……やっぱり………こういうのが……。リボン、やるしかない」

ぶつぶつと呟《つぶや》き、彩奈は家に入ってしまう。……なんてことだ、誤解されてしまった。

「んー！　どんまい、リクくん！」

「門戸さんのせいじゃないですか……」

もう泣きたい。

◇◇◇

時間は進み、次の土曜日を迎える。彩奈と昼食をすませてゴロゴロしていたときだ。呼び鈴が鳴らされ、彩奈と一緒にドアを開けにいくと、そこにいたのはカナと陽乃だった。

「お……二人とも、なに？」

「なにって……リクちゃん、お泊まり女子会だよ。彩奈ちゃんから聞いてない？」

「リクくん、私の話……聞いてなかったでしょ」

「聞いてたよ、本当に聞いてた。あぁでも、ご飯食べた後ウトウトしてて……」

薄《うっす》らと記憶が蘇《よみがえ》ってくる。たしかに彩奈はそんなことを言っていた気が……。

「リクーボケてんの？　あ、平和ボケか」

「否定できない……！」

自分でも気が緩んでいるのはわかっている。

彩奈も元気になってきて、安心して脱力モードになっていた。

「でもさ、オレもいるから女子会にはならないぞ」

「なんで参加するつもりなんだよ……そこは気を遣えよ」

「……お泊まり女子会ってことは、一日中ここにいるのか？」

「そりゃ、まあ」

「…………」

　オレが泊まる場所は問題ない。家に帰ればいいのだから。

　しかし彩奈がいない。一人で寝るところを想像し、無性に寂しくなった。

「リクくん……今日だけ、お願いできる？」

「彩奈まで……」

　オレは彩奈が元気になって嬉《うれ》しい。とくにここ最近の彩奈はエネルギーに満ちていた。なにか目標ができたような……やりがいを見つけた人に変化していた。それはカナと陽乃のおかげだろう。三人でいるようになってから、益々《ますます》彩奈は元気になったし……。

　そのかわり彩奈は、オレよりも友達を優先するようになったのか。

「ふ、ふふふ」

「リク？」

「リクちゃん？」

「そうか、そうだったのか……真のライバルはお前たちだったのか！」

「なにいってんのこいつ？　どういう状態？」

「たまにね、幼馴染《おさななじみ》の私にもわからないときがあるの」

「リクくん……よく明後日《あさって》の方向に考えを膨らませて、暴走するもんね」

「「あー……」」

…………………。

悲しそうな瞳をする三人の女の子たちから、同情的な視線を向けられてしまった。

「というわけでリクちゃん！　今日は自分の家で過ごしてねっ！」

「いいかリク？　自分の家に帰るんだぞ？　絶対、自分の家に帰るんだぞ？」

「お、おお……？」

詰め寄ってくるカナと陽乃に違和感を覚えつつ、オレは彩奈の家から出た。なんなんだよ。

首を傾《かし》げながら階段に向かおうとアパートの廊下を歩いていると、勢いよく門戸さんの家のドアが開かれた。不意打ちでビビッてしまう。

「リクくん！　ごめん！　仕事手伝って！」

「は、はい⁉　なんですか急に⁉」

「いいから手伝って！　早く‼　おらぁあああ‼」

「は、はぁあああ⁉」

キャラ崩壊待ったなしの気迫を醸《かも》す門戸さんに腕をつかまれ、グイグイ引っ張られる。

この人、意外と力あるな……！　傍《はた》から見れば誘拐の場面だろこれ！

……まあ日頃からお世話になってるし、いいか。抵抗をやめたオレはグイグイと門戸家の暗闇に引きずり込まれるのだった。

◇◇◇

「…………よし、オッケーだよ。千春ちゃん、頑張ってくれた」

ドアに耳を当て、外の音を聞いていた陽乃さんがオッケーサインを出した。

「いや、アタシも聞こえたんだけどさ……今の、誘拐じゃない？　おらぁあああ、とか叫んでたし」

「あれくらい強引じゃないと、リクちゃんの足止めはできないよ」

「かもしんないけど……ちょっとリクが不憫《ふびん》だな」

「リクくん……今日が自分の誕生日ってこと、本当に気づいてないね」

「きっと忘れるようにしたんだよ、リクちゃんは……。よし！　改めて作戦の説明をするよ！　千春ちゃんがリクちゃんの足止めをしている間に、私たちはリクちゃんの家に向かいます。そこでケーキを作り……彩奈ちゃんは体にリボンを巻いて隠れて、リクちゃんの帰りを待ちます！　もちろん私とカナちゃんはリクちゃんが帰ってくる前に退散。これで、いいかな？」

私とカナは陽乃さんに頷《うなず》いた。問題ないと思う。

早速私たちは動き出した。アパートから出ると買い出しに向かう。

必要なものを持ってリクくんの家に来た私たち三人は、一時間ちょっとかけて誕生日ケーキを作った。フルーツはイチゴを多めに、そしてハッピーバースデーリクくんと書かれたチョコのプレートも載せている。

「なー今更だけど、部屋の飾りつけとか……よかったの？」

「うーんとね、私も考えたんだけど……やっぱりサプライズを優先するべきかなって。家に帰ってきたリクちゃんがソファに座るでしょ？　寛《くつろ》いだタイミングで、彩奈ちゃんがバッて登場するの」

「そうかー……。んまあ片付けるのもめんどくさいだろうし、飾りつけは余計か」

「飾りつけは来年がいいかもね。…………ねえ、彩奈ちゃん」

ケーキの完成度をあらゆる角度から確認していた私は、陽乃さんに話しかけられて振り返った。真剣な表情を浮かべていて、ただ事ではないことがわかった。

「陽乃さん？」

「私はリクちゃんのことが好き」

「うん……」

「リクちゃんには、今よりもほんの少しでもいいから幸せになってほしいって思う……心の底から。リクちゃんが今よりも幸せになるには……彩奈ちゃんの存在が必要なの」

「陽乃さん……」

「これを、渡すね」

そう言って陽乃さんが開いた手の中にはカギがあった。

「この家のカギだよ。元々、リクちゃんのお母さんが使ってたの」

「そう、なんだね」

それを聞いた瞬間、ただのカギには見えなくなった。

「受け取って、彩奈ちゃん」

「そ、そんな……ううん、勝手に……リクくんにも確認を……」

「じゃあこのカギを受け取って、それからリクちゃんに説明して。私から託されたって」

託された――その言葉の重みは、私の脚から力を奪うに十分すぎる。

後ろに下がりそうになったけど、陽乃さんの逃げを許さない強い瞳に呑《の》まれ、一歩も動けなくなった。この瞬間、引いてはダメだということをようやく思い出した。

「このカギはね、リクちゃんと付き合っているときにもらったの。もう……今の私が持つべきじゃない。彩奈ちゃんが持つべきものだよ」

「……うん。持つよ……私が持ちます」

緊張する。心臓の音が体内に響いていた。

私は、そーっと陽乃さんの手からカギをつまみ、手の中に収める。

ぎゅっと握ってみた。微かな熱を感じる。

リクくんのお母さんから陽乃さん、そして私に届いたという実感が湧いた。

「彩奈ちゃん、頑張れそう？」

「うん……頑張らなくちゃ、いけない」

「そうじゃなくてね」

「え？」

「リボンだよ」

「あぁ…………」

◇　◇　◇

「彩奈ちゃん……大人になったね」

「ほんと大丈夫？　アタシたち、間違った方向に突き進んでない？」

感慨深そうにする陽乃さんと、引き気味のカナ。私は自分の体を見下ろすことも恥ずかしくてできない。償いをしたいとは思っているけど、こんな形の償い方は想定外だった。

「アタシの親友が……親友が……」

「大切なところは隠れてるから問題ないよ、カナちゃん」

「そうだなぁ本当に大切なところしか隠れてないけどなー」

「リクくん……逆に引かないかなぁ？」

私が不安そうに呟《つぶや》くと、カナは腕を組んで唸《うな》る。

「んーあー……。エロ本を読むくらいだし、陽乃の言う通り好きなんじゃねえの？」

まじ変態、とカナは吐き捨てた。

「彩奈、今ならまだ引き返せるよ。てか引き返そ？」

「ううん……。これは私にとって必要なことなの」

「もう覚悟決めちゃったかー」

「そ、それに……リクくんが喜んでくれるなら……！」

「恋は盲目かー」

「ねえカナちゃん彩奈ちゃん。隠れる場所、どこにする？」

「んー？　カーテンの裏とかでいいんじゃない？　このカーテン、透けないし……ここならリクの行動を把握しやすくない？」

カナは真っ黒なカーテンの端をつまみ、ひらひらと揺らした。でも問題がある。

「そこだと、足見えちゃうよ」

「じゃあ、あのちょっと大きめの観葉植物で隠せば……うん、足は見えないでしょ」

カナは壁際《かべぎわ》に置いてあった観葉植物をカーテンの端っこまで運び、自分がカーテンの裏に隠れることで実演してみせた。足は観葉植物で見えない。

「んー不自然じゃない？」

「大丈夫だって。あの鈍感リクだから、観葉植物の位置なんて気にしないって」

さすがに舐《な》めすぎだとは思う。でもリクくんなら気にしないとも思った。

これで隠れる場所は決定し、陽乃さんが千春さんに連絡する。

ついに作戦は佳境に入った。

「リクちゃんが帰って来る前に、私たちは帰ろっか」

陽乃さんは暗闇が混じりだした夕方の空を見つめながら言った。

「彩奈……その、うまく言えないけど……頑張ってな」

「うん、ありがとうカナ」

そうしてカナと陽乃さんは共にリビングから出ていく。出ていく途中、二人の「まじでこれ大丈夫？　おかしくない？　リボンて」「大丈夫だよっ。千春ちゃんも言ってたでしょ？　エロ本は人生の教科書だって」「世も末だな……」と話してるのが聞こえた。

「よし……っ」

私はカーテンの裏に隠れる。足は……よし、観葉植物に隠れてる。

あとはリクくんの帰りを待つだけ。

……………………。

………………。

何十分経《た》っても心臓のドキドキは収まらない。

いつリクくんが帰ってくるかわからない、そんなキリキリとした状況が余計に緊張を生む。すでに空は真っ暗で、夜になってしまった。リクくんは寄り道してるのかな。もしくは予定外のことが——。

静かな空間だからこそ、玄関のドアを開く音が聞こえた。

数秒後、リビングのドアを開く音も――入ってきた！

カーテン越しには見えない。でも気配と足音で人がいるのはわかる。

あとは私が出るタイミング――。

「ん？　そこにあったっけ？」

その声はリクくん。こちらに向けて発されている。足音が近づいてきた。

大ピンチだ。バレちゃう！

私がギュッと目を閉じた、その直後だった。

「おぉう凛空《りく》……座れ……」

初めて聞く声だった。多分六十歳以上の男性。掠《かす》れ気味の声なのに、胸に響くような重さを感じた。気安い喋《しゃべ》り方からして、リクくんの親戚なのかな。

ううん、その前に……リクくん一人じゃないんだ。

もし見つかったら――終わる。

◇　◇　◇

「なんなんだ一体……」

仕事を手伝ってほしいと言ったくせに、結局オレに大量のエロ本を読ませて感想を求めてくるだけだった。門戸さんは変人だな……前からわかっていたことだけど。

そして唐突に『あ、もういいよ！　ありがとうリクくん。家に帰ってね……自分の家にね！』と語尾を強調して家から追い出されてしまった。本当にわけがわからん。

不服に思いながら電車に乗って我が家に帰る。

歩道を歩き、マンションが見えてきたところでオレは足を止めた。

「……おぉ……凛空」

「おじいちゃん……」

うそだろ。マンションの敷地《しきち》に繋《つな》がる道の脇に、真っ白の短髪とひげを生やした老人が立っていた。年齢の割にがっしりとした体型、相手を射貫《いぬ》くような鋭い目つき……。

紛れもなくオレのおじいちゃんだ。父方の祖父。今年一番の驚きだ……悪い意味での。

「なんで……」

「家に電話しても、携帯に電話しても繋がらんからなぁ。来るしかなかった」

「……なにをしに、来たんですか」

声が勝手に震える。自分でもわからない感情がこみ上げてきた。

怒り悲しみ驚き……あらゆる感情が心の中を通りすぎていく。

「家で話そうか……凛空」

「………」

名前の呼ばれ方が気になる。なんというか、重い。みんなからは、もっと軽い感じで呼ばれてきたから気になってしまう。

オレが歩くと、おじいちゃんが後ろからピッタリついてきた。

「隣に……来てくださいよ」

「並んで歩くの、苦手じゃなかったのか？」

「もう大丈夫です」

いつの間にか大丈夫になっていた。それも結構前から。

オレとおじいちゃんは肩を並べて歩き、マンションを目指す。

身長は……負けているな。目を見て話そうと思うと、少し見上げる必要がある。

オレの仕草から察したのか、おじいちゃんはニコリともせず掠れた声を発した。

「凛空……伸びたなぁ」

「……そりゃ伸びますよ」

「怪我《けが》、ないか？」

「怪我？」

「コンビニ強盗に襲われとったろ、二回も」

「……ないですよ、怪我。結局、なにもされてませんし」

「そうかぁ。金には困ってないか？」

「困ってません」

とりとめない質問をくり返されながらも、オレはおじいちゃんを連れてマンションの中を進む。エレベーターで上がり、廊下を歩いていた。

感情を抑えることができず、オレは僅かに棘《とげ》のある言葉を繰り出してしまう。

「凛空、学校では――」

「今まで、ほったらかしだったくせに」

「………」

「いきなり来て、なんすか。オレがいると、不幸なことばかり起きますよ」

「凛空。家で話そう」

舌打ちをしそうになった。よく我慢できたと自分を褒めてやりたい。

昔からそうだ、おじいちゃんは感情を見せない。塗り固めたような表情を常に浮かべ、軍人のような落ち着いた喋り方を貫く。今みたいに尋問みたいな質問をしてくるし……。

黒峰の表札がついた部屋に到着する。カギを取り出しドアを開け、中に入った。

「ん？　そこにあったっけ？」

リビングに入ってすぐ、観葉植物の位置が気になった。不自然だ。もっと壁際に置いたはずなのに、なぜかカーテンの端の方に移動している。

「おぉぅ凛空……座れ……」

すでにソファに座っていたおじいちゃんは、対面のソファに座るよう促してきた。

渋々座ることにする。オレの嫌そうにする態度はしっかりと伝わっていたらしく、おじいちゃんは直球に尋ねてきた。

「凛空、わしのこと嫌いか？」

「……普通です」

「そうかぁ……」

「おばあちゃんは……元気ですか？」

「生きとるよ」

言い方というものがあるだろ。だが、その言い方が正しいこともわかる。

「まだ、塞ぎ込んでいますか？」

「そりゃあそうだ」

「……オレのこと、まだ疫病神《やくびょうがみ》と思っていますか？」

「…………………ぁぁ」

初めておじいちゃんは顔を歪《ゆが》め、ためらいの間を作った。

この人でも感情が揺れることがあるのか。珍しいものを見た気分だ。得した。

「凛空、わしは思っておらんぞ」

「別に……いいですよ。オレの周りで人が亡《な》くなったのは事実ですし」

「凛空――」

「家族、交通事故で亡くなりましたし……母方の祖父母は、オレを預かったその年に……亡くなりましたし」

事故が起きた後、オレは母方の祖父母の家でお世話になることになった。

ただ、心が疲弊していたのはオレだけではない。元々病気がちで体が弱っていたのもあるが、オレを預かってすぐに倒れて入院、二人は後を追いかけるように亡くなったのだ。

その後、オレは目の前にいるおじいちゃんの家に行くことになったが………。

「凛空、偶然じゃ」

「偶然でも……おばあちゃんはオレを疫病神と呼びましたよ」

「……すまん」

「別に……いいですよ」

おばあちゃんは迷信深い人だった。まあでも、それだけじゃないだろう。自分の息子が唐突に亡くなって心が弱り切っていたのもある。おばあちゃんはオレを見ると『疫病神！』と喚《わめ》き、錯乱した。オレは一人で暮らすしかなかったわけだ。

「世間様の声もあってなぁ」

「世間様……」

「それに、憎しみのぶつけどころを失ったのも……大きい」

「……え？」

「加害者、自殺しよった……あぁ、凜空、そのことは覚えて——」

「全部、思い出してます。気を遣わず普通に喋ってください」

「そうかぁ……。星宮夫妻、自殺しよった。そのせいで憎しみのぶつけどころ……恨む存在を失ってしまった。おばあちゃん、荒れてな……」

「憎しみ……恨む存在って……あれは事故で……」

「だとしても、な。わしも……わしも、恨んでいる。今でも、恨んでいる」

「おじいちゃん？」

「めちゃくちゃになった。あの、たった一つの事故で全てがおかしくなった。時間が止まった。わしの人生は、ただ息するだけになった。大切な人が、壊れていく姿を見ながら」

「あれは……事故……」

声が小さくなるオレとは違い、おじいちゃんは激情を漏らすように声を強めていく。叫ぶわけでもなく声を荒らげるわけでもなく……強くなる声を必死に抑えつけて言葉を紡《つむ》ぐ。

「納得……できん。あの事故を偶発的なものとしては納得できん。恨まなければ、恨まなければ…………狂う……っ」

「…………」

まさしく血を吐き出すような喋り方に、オレは息を呑《の》む。

指先すら動かせないプレッシャーを感じていた。

もし彩奈がこの場にいたら、おじいちゃんは殺しにかかったかもしれない。

「なぜ、星宮夫妻は生きてくれなかったのか……。死者を恨んでもしゃーない。この……この思いを、どこに……っ！」

「おじいちゃん……」

「娘は生きとるらしい……が、子供を恨めるわけもない……」

どんな言葉をかければいいのか。オレは心を閉ざし、陽乃を支えにすることで、つらい時期を乗り越えた。しかしおじいちゃんは恨むことで生きてきたのだ。

今もなお……。

「凛空……すまんな、こんな話をしにきたんじゃない」

「………」

冷静になり、おじいちゃんは重圧的な空気を霧散させる。真顔に戻った。

「陽乃ちゃんとは……どうなっとる」

「陽乃……」

「あんないい子、中々おらん。男として、凛空から想《おも》いを告げるといい」

「…………」

「凛空？」

オレの恋人は、星宮彩奈だ。そのことを言うべきか……？

言わないほうがいい。

おじいちゃんがどんな思いでいるのか聞いてしまった以上、言わないほうがいい。

「……本当に？　ここは……だからこそ……オレ」

「凛空、どうした。まさか陽乃ちゃんを怒らせるようなこと、したのか？　ならなにも考えず謝れ。なんだかんだ、男は女に勝てん」

的外れなことを考えてるぞ、おじいちゃん。

……ここで、彩奈のことを伏せて…………これからも隠し続けるのか？

後ろめたさを抱えて、オレは彩奈と付き合うのか？

違う……違うぞオレ。これも乗り越えるべき壁の一つだ。

後回しにしたところで、良い結果にならないのは見えている。

打ち明けるなら——今しかない。

「おじいちゃん」

「ん」

「オレ……陽乃と付き合ってない」

「ほぅ」

「…………彩奈と、付き合ってる」

「彩奈？」

「…………星宮、彩奈」

時間が止まったように、おじいちゃんの動きが止まった。

次第に目を丸くさせ、自分の肩を揉《も》む。

「ふぅ……凛空ぅ……冗談か？」

「…………」

「冗談か？」

「オレは……彩奈と生涯を共にするつもりでいる」

「凛空、凛空ぅ！　冗談か⁉　凛空、冗談か‼」

ついに立ち上がり、おじいちゃんは空気を震わせるほどの怒声を放った。

「冗談……ではないです」

「おまっ……凛空！　家族に、言えるんか‼　家族に言えるんか‼　加害者の娘と一緒になると……言えるんか⁉」

「………」

「わしは……わしは、あの世でなんと説明すればいい⁉」

頭上から怒声を浴びる。

次々と反論が思い浮かんだ。感情に任せ、こちらも声を荒らげて言い返したくなった。

……落ち着けよ、とオレは下唇を噛《か》みしめて堪《こら》える。

オレはおじいちゃんのことが嫌いだ。おばあちゃんを優先し、オレを見捨てたから。

その思いだけは拭い切れない。おじいちゃんなりの事情や考えはあったんだろうが、それを許せるだけの余裕がオレにはなかった。

ああ、今は違う。

彩奈との未来を作るためなら、おじいちゃんに対する思いは飲み込める。

もし……もし、彩奈がこのことを知ったらどうなる？

オレとの関係を否定されたことを知ったら、どう考える？

それだけは……あってはならない。

今ここで、なにも隠すことなく、正々堂々と向き合うしかない。

「おじいちゃん。落ち着いてほしい」

「落ち着けるわけ――――」

「落ち着いてほしい」

「…………凛空」

肩を上下させ興奮していたおじいちゃんだが、終始冷静なオレを見て落ち着き始める。

「外に出て話そう……おじいちゃん」

ほんの数分でもいい。互いに頭を冷やす時間が必要だと思った。

◇◇◇

オレとおじいちゃんはマンション近くの公園に足を運ぶ。

夜の冷気を肌で感じつつ、公園の隅に設置された自販機に向かった。

おじいちゃんは二つ折りの財布を取り出し、ブラックコーヒーを購入する。

「凛空、同じものでいいか?」

「嫌だ」

「あ?」

「コーヒーは嫌だ。カルピスがいい」

「かる、ぴす……」

「うん」

「…………………カルピス、うまいもんなぁ」

オレたちは飲み物を手にし、近くのベンチに腰を下ろした。

飲み物を口にしながら雲に覆われた夜空を見上げる。

「おじいちゃん、言えるよ」

「…………」

「家族に、言える。彩奈と結婚するって」

「………気が早いわ。墓参りにも行けないのに」

「…………」

墓参り………ああ、そうだった。

「凛空。お前が考える以上の大変な道のりになるぞ。世間様はどう言うか……」

「関係ないよ、世間とか。あのとき、なんて言って……思い出した。ぶっちゃけ他人がどう見てこようとオレ自身には関係ないし」

カナの言葉をそっくりそのまま使わせてもらった。もうこれが全てだろう。

「最悪、名前を変えたりとか……海外に移住したりとか……対策できるよ」

「かもしれんが……」

「おじいちゃんの気持ちも理解できる。オレだって家族を殺されたと思ってたから」

「………」

「でもさ、向こうもいろいろあったんだよ。オレたちと同じなんだ」

「あぁ」

「今すぐ認めてほしいとは言わない。今は……距離を置いて、遠くからオレを見るか……ちょっとだけ気にしてほしい」

「………」

「時間はかかる……かかって当たり前なんだ。一生かけて向き合う問題だから……。それでもオレは、彩奈のことが好きで……幸せにしたくて……今よりも、笑顔があふれる人生を歩ませたい」

理解してもらうというよりは本心を打ち明けただけだった。

オレとおじいちゃんは互いに顔を見ることなく、夜空を見上げ続ける。

「凛空……素直だなぁ。昔から素直な子だった」

「…………」

「おばあちゃんのことが心配になってきた。わし、帰るわ」

おじいちゃんは缶を握りしめ、ベンチから立ち上がった。

「おじいちゃん、結局なにしに来たんですか」

「ああ、忘れとった」

去ろうとしていたおじいちゃんは振り返り、ほんのちょっとだけ口角を上げた。

「サプライズ」

「はい？」

「今日、凛空の誕生日……サプライズで来た」

「な、なんだそれ……」

「おばあちゃん、わしが離れても平気な時間が伸びてきてな……」

「あぁ……」

「どうした凛空。昔の凛空なら飛んで跳ねて喜んだろうに」

「もうそんな年じゃないです」

「そうかぁ……。ほれ、プレゼント」

おじいちゃんはズボンのポケットから腕時計を取り出し、手渡してきた。

銀色のシンプルな腕時計だ。よく見ると全体的に傷がついている。中古か。

「わしが、凛空のお父さんにあげた腕時計じゃ」

「え」

「凛空に渡すか直前まで迷ったが……問題なかろう」

「お父さんの……」

オレの手の中にある腕時計……急に重く感じてきた。

「わしらも努力しよう……凛空のようにな」

その言葉の意味を聞く必要はなかった。

オレは背中を向けて去っていくおじいちゃんを、一歩も動かずに見送った。

◇　◇　◇

おじいちゃんを見送り、オレは真っすぐ家に帰った。リビングのソファに腰を下ろして息を深く吐き出す。今になってドッと疲れが押し寄せてきた。

「彩奈が恋しい……」

「呼んだ？」

「うん――――えっ!?」

飛び跳ねて振り返る。どこかに隠れていたのか、ソファの後ろから部屋着の彩奈がぴょっこりと顔を出した。幻覚……？　あまりの恋しさに幻覚を見ているのか、オレは？

「幻覚なら……好きにしていいか」

「え――――」

ソファの後ろに回り込み、彩奈をギュッと抱きしめる。柔らかいし温かいし良い匂いがする……。はい、本物ですね。

「なんでここにいるの？　嬉《うれ》しいけどさ」

「は、陽乃さんにね、合カギをもらって……」

「あー……そうなんだ。いつ来たの？」

「ついさっき……ついさっきだよ。本当についさっき」

そんなにくり返さなくても聞こえている、と彩奈を抱きしめながら思った。

オレとおじいちゃんが外に出ている間に彩奈は来たのか。運が良かった……。

もしおじいちゃんがいるタイミングで来られていたら本当にまずかった。

「お泊まり女子会は？」

「うそだよ」

「うそ？」

「リクくんを驚かせるために、うそついてこっそり来たの。どう？　驚いてくれた？」

「めっちゃ驚いた」

「嬉しい？」

「めっちゃ嬉しい……。オレの誕生日だから、そんなことを？」

「うん。サプライズ」

「最高のサプライズだ……！」

彩奈から「ちょっと待ってて」と言われたので抱きしめるのをやめる。

さささーっと歩いていった彩奈はケーキを持って戻ってきた。誕生日ケーキだ……。

「お誕生日おめでとう、リクくん」

「…………」

「リクくん？」

「……もう、この世に未練はない」

「あはは、大げさだよ」

嬉しさで言えば大げさではない。オレと彩奈は並んでソファに座った。

「あとね、誕生日プレゼントも用意してるの…………これ」

「プレゼントまで……！　ありがとう」

オレは彩奈から白色の小箱を受け取る。中身見てもいい？　と確認すると彩奈は微笑《ほほえ》みながら頷《うなず》いた。早速開ける。中に入っていたのは——黒色の腕時計だった。

「陽乃さんとカナに相談しながら選んで…………あ、リクくん……その腕時計……」

彩奈の視線が、オレの左手首に巻かれた銀色の腕時計に留まった。

なんてことだ、誕生日プレゼントが被《かぶ》るなんて——！

「ご、ごめんね！　私の、もういらないね！　そっちの方が高そうだし！」

「いる！　絶対にいる！　死んでもいる！」

「で、でも二個も……」

「二個ってことは、両手に装着できるってことだ」

「ええ………」

オレは彩奈からもらった黒色の腕時計を右手首に巻く。これで両手付けだ。

「カッコいいだろ」

「無理、してない？」

「してないしてない。本気でカッコいいと思うし、嬉しい。ありがとう彩奈」

「うん……」

オレの喜びが伝わったのか、ようやく彩奈は安心したように笑ってくれた。

「あ……ケーキより先にご飯だよね。すぐに作るから待ってて」

食材もすでに用意してくれているらしい。誕生日ケーキも手作りのようだし……誕生日プレゼントも含め、前から練っていた計画なのは間違いない。

最近、陽乃たちと一緒にいたのはそういうことだったのか。

「…………はは」

キッチンに向かう彩奈を見て、思わず笑ってしまった。

幸せというか……人生が望む通りに進んでいる。

これまでの不幸が帳消しになっていくような気さえした。

「ん、なんだこれ」

彩奈の落とし物か？　えらく長いピンク色のリボンがソファの近くに落ちていた。

「あ……あぁあああああ!!」

こちらに気づいた彩奈が、悲鳴を上げてシュバババーッと駆け寄ってきた。

「なに？　なになに？」

「そ、そそ、それ……そのリボン…………」

「ああ、そこに落ちてたんだけど……」

「ちゃ、ちゃんと隠したのに……引っついてきたのかな。あ、あの、そのリボンは……違うから」

「違う……お、おお？」

「違うから！　ゴミ箱にポイしちゃって！」

彩奈は顔を真っ赤にし、ゴミ箱に指をさして必死に叫んだ。……え、なに？

◇　◇　◇

彩奈の手料理とケーキを仲良く一緒に食べ、お風呂《ふろ》に入り……適当な話題で盛り上がって、あっという間に就寝時間になった。彩奈は最初から泊まるつもりで来てくれたらしく、普段から着ているピンク色のパジャマを用意していた。

パジャマに身を包んだオレたちは並んでベッドの縁に座る。

お互いの腕が擦れ合う親密な距離で……。

「もうこんな時間だし、寝ようか。彩奈、電気消すよ？」

「………」

「彩奈？」

頬を赤らめた彩奈は返事をせず、ピッタリとくっつけた両膝に視線を落としている。

「トイレ？　我慢せずに行っておいで」

「ち、違う……」

「どうしたの？」

「…………んー」

小さく唸《うな》り、彩奈は猫のように頭をオレの胸に擦りつけてきた。え、かわいい。

「どうしたどうした。彩奈？」

「ん……」

不満げというか、察してほしいと言わんばかりに頭をグリグリ押しつけてくる。

「あ、そうか。寝る前に甘えたいんだな」

理解したオレは彩奈を包み込むようにギューッと抱きしめる。

さらに「よしよし」と彩奈の頭を撫《な》でた。これで完璧だ！

「ん……それも……違う、かも」

まじか。オレは抱きしめるのをやめ、彩奈の両肩に手を置いて顔を覗《のぞ》き込むことにした。

彩奈の瞳は熱っぽく潤み、なにかを期待するような光に満ちている。上気したような頬も普段の照れとは異なる感じだった。

「…………」

「…………」

互いに目を見つめ合う。つばを飲み込む音が聞こえるほどの静寂。

「………………ぁ」

そういうことだと察したときには胸の高鳴りが収まらなくなっていた。

「…………」

そっと右手を彩奈の首に添えるように触れる。

その瞬間を感じたのか、彩奈は目を閉じた。

顔を軽く傾け、キスする。

唇を触れ合わせる程度の軽いキス……。

風呂上がりだからだろう、彩奈の唇は少し熱い。

押し返してくる弾力感と瑞々《みずみず》しさもあった。

「……ん」

彩奈の唇をほぐすように、三回ほど軽いキスをする。

これまでも──これまでも、寝る前におやすみのキス的な感じで唇を合わせることはあった。しかし今回のように、その先のことを期待しながらキスしたことはなかった。

微《かす》かに、手が痺《しび》れたように震える。

「彩奈……」

「リクくん……」

彩奈の顔は緊張で硬くなっているものの、その緊張の中にオレを受け入れようとする柔らかさもあるように感じた。なによりも目がトロンとしている。

もう一度、顔を寄せてキスする。

ゆっくりと舌を差しこむと、彩奈の舌に迎えられた。

がっつくというよりは、探る感じで舌同士を触れ合わせる。

顔を軽く傾け、少しでも唇と舌を密着させるようにしていた。

そのまま彩奈の舌を絡《から》め上げた直後「んっ」と苦しそうな声が聞こえたので顔を離す。

「彩奈……苦しかった？」

「……………ううん。もう一回……して」

「……」

頭の奥が熱く痺れていき、理性が溶けていくのを自覚する。

彩奈の熱くトロンとした目に見つめられるだけで正気を失いそうだ。

一瞬の見つめ合いの後、オレは彩奈を抱き寄せてキスする。さっきよりも舌を深く差しこみ、舌の根っこで絡ませる。時には彩奈の舌を吸ったりもした。

「……んっ……ふっ……ん」

お互いに息が漏れる。苦しさもある。それでもキスに夢中だった。

ほんの一秒でも唇を離すのが惜しくて、オレはキスしながら彩奈のパジャマに手をかけた。手探りで上から順番にボタンを外していく。大きくて丸いボタンだから外しやすい。

唾液を引きながら唇を離し、手元をチラッと見て淡い桃色をしたブラに気づく。初めて見るかわいらしいブラだ。おそらくオレにバレないよう内緒で購入し、隠していた。

「リクくん……？」

「すごく……かわいい」

「んっ……ふ……ん」

軽くキスをくり返しつつ、彩奈のパジャマを脱がし、次にブラも外す。

肌を晒《さら》した彩奈の肩に手を置き、そっと優しくベッドに押し倒した。

「ん……ふぅ……はぁ……」

彩奈の息が荒い。胸を膨らませるように上下させていた。

「リクくん……好き、大好き……」

「――」

「本当に、大好き……」

そうやって彩奈の方から言ってもらえたことがなによりも嬉《うれ》しい。

オレも「好き」とうわ言のようにくり返し、彩奈に覆いかぶさった。

お互いに肌を擦り合わせ、ぬくもりを一つにする。汗で視界が滲《にじ》む。

聞いたことがない彩奈の声――見たことがない彩奈の顔――に興奮が高まる。

この日、この瞬間のために生きてきたのだと――本気で思った。

◇◇◇

暗闇が満ちた寝室。初めての行為を終え、オレと彩奈は身を寄せ合って眠りにつく。

「リクくん……一生、一生忘れない……このぬくもりを……一生忘れない」

「うん……オレも」

忘れようと思っても忘れることはできないだろう。

気持ちと肉体、なによりも存在で繋《つな》がり合えたことにより心が満ちていた。

なにがあってもオレは彩奈と生きていく。

その思いを抱きながら夢の世界に落ちていった――――。

◇　◇　◇

「…………………」

こんなにもスッキリとした目覚めは生まれて初めてだった。冴《さ》えた感覚。

彩奈と結ばれたことを思い出し、オレは隣のぬくもりに目を向け――誰もいなかった。

「彩奈……？」

寝室を見回すが誰もいない。

――このぬくもりを……一生忘れない。

ふと彩奈の言葉が脳裏をよぎった。

言われた直後は共感し、繋がった後の優しい余韻に浸っていた。

しかし今思い出すと…………嫌な感じ……嫌な予感がする。

不安に駆られたオレは家中を歩き回ったが、彩奈の姿どころか痕跡さえ見つけられなかった。あったのはゴミ箱に入れられたピンク色のリボンだけ。

スマホを手に取り確認するが、彩奈からのメッセージはない。

「………………」

おかしい。彩奈は黙って外に出ることはしない。

どこかへ行くとき、必ず教えてくれる。

「彩奈……」

確かに存在したはずのぬくもりが、急速に冷えていくのを感じた。

◇◇◇

家から飛び出し、周辺を走って探したが彩奈を見つけられなかった。

日曜日ということもあって、朝の街には犬の散歩をしている人や、のんびりと散歩している人の姿をちらほらと見かけるくらいだ。彩奈がちょっとした買い物に出かけている可能性も考えたが、やはり違和感がある。そんな感じではない。

オレは額の汗を手で拭い取り、スマホに返信がないか画面を表示させる。

当然、彩奈からはない。

つい先ほど電話した門戸さんとカナからもなかった。二人も彩奈に連絡しているのだろう。朝から彩奈がいないことを伝えると、二人は深刻な状況を理解してくれた。門戸さんが彩奈の家を見てくれたが、やはり彩奈は帰っていないそうだ。

あてもなく急いで歩きながら今度は陽乃に電話をかける。

「おはよー。リクちゃんどうしたの？」

「彩奈が……いなくなったんだ」

「彩奈ちゃんが……？　いつから？」

「朝から」

「朝から……いつ頃まで一緒だったの？」

「昨日……寝るまで」

門戸さんとカナからもされた質問に答えていく。陽乃は「んー」と唸った。

「彩奈ちゃんに連絡が繋がらないんだね」

「うん。陽乃の方に、彩奈から連絡来てない？」

「来てないよ。彩奈ちゃんが心配だね……。なにかあったりした？」

「………」

あったといえばあった。オレとしては結ばれた気持ちでいたが、彩奈は別だったのだろうか。……いや、あの行為以前の問題な気がした。

もしくはオレが知らないだけで、彩奈になにかあったのか？

「彩奈ちゃん……リクちゃんをたくさん喜ばせたいって張り切ってたのに……」

「あのさ、サプライズ誕生日を計画したのは彩奈と陽乃、カナの三人でいいんだよな？」

「そだよ、私たち。あーあと千春ちゃんも協力してくれた。千春ちゃんがリクちゃんを足止めしてる間、私たち三人はリクちゃんの家に行って、ケーキを作って……彩奈ちゃんにリボンを巻いて準備してたの」

「三人で家に──えっ、彩奈一人で来たんじゃないのか？」

「違うよ」

「だって、彩奈は陽乃から合カギをもらって……」

「リクちゃんの家にいるときにね、私が渡したの」

「……そのあとは？」

「彩奈ちゃんにリボンを巻いた後……彩奈ちゃんにはカーテンの裏に隠れてもらって、私とカナちゃんは帰ったよ。って、あれ？　彩奈ちゃんからなにも聞いてない？」

「聞いてない……」

「家に帰ってきたリクちゃんが油断したタイミングで、カーテンの裏に隠れていた彩奈ちゃんが登場するって計画だったんだけど……」

——カーテンの、裏。

待てよ……あのとき、彩奈はいたのか？

カーテンの裏で、オレとおじいちゃんの話を聞いていたのか？

ああ、そうだ……間違いない。彩奈は聞いていたんだ。

「最悪だ」

さっと血の気が引く。その場で膝をつきそうになった。

殺意すら孕《はら》んだ『恨んでいる』を聞いて、オレとの関係を続けられるわけがない。

「彩奈は……どこに……どこに行くんだろ……」

考えろ。今回は、これまでと違う。

彩奈は被害者側から明確な負の感情を受け取った。それは初めてのことだろう。

最悪の考えに結びついてもおかしくない。

「くそ……陽乃、また後で」

「リクちゃ——」

通話を一方的に切り、思考に没頭する。

昨晩の彩奈は明るかった。いつもの彩奈だった。なにも変なところはなかった。

……聞いたことがある。本当に追い詰められた人間は、そういうのを悟らせないと。

誰にも心配かけないようにいつも通り明るく振る舞い、周囲の人間から見れば唐突に見えるタイミングで行動に移す……と。

全員が全員、そうではないだろうけど、彩奈は……。

「どこに……彩奈なら………」

そうだ、彩奈は全ての原因は自分にあると思い込んでいる。

自分の心が壊れるほどの罪悪感を抱いている。

もし、もし自分の命を断とうとしているなら……最後は謝罪に向かう、かもしれない。

謝ってから、そして償いを──。

思考を遮るように着信音が聞こえてきた。相手はカナだ。オレはすぐに応答する。

「もしもし⁉」

「あ、彩奈電車に乗ったって！　それで、事故があった場所に！」

◇◇◇

オレは迷わず駅に向かって電車に乗り込む。隣席にはカナの姿もあった。

カナはオレから連絡を受けた後、街に出て彩奈を探していたらしい。

探している途中も彩奈に電話をかけ、ついに繋がり、話を聞いた瞬間オレに電話しながら駅に向かったそうだ。そして駅でオレと合流し、今に至る。

「リク……彩奈と、なにがあって……」

「…………」

「ごめん」

今のオレには説明する精神的な余裕がない。

そのことに気づいたカナは口を閉じた。

電車に揺られて目的の駅に到着する。

オレとカナは駅から出て人が行き交う街を歩き出した。

なんとなく見覚えのある街並みが広がっている。

この街路樹が並ぶ歩道をしばらく歩けば交差点が見えてくるのだ。

その交差点が……例の場所。

「リク、大丈夫？　顔色悪いけど……」

「大丈夫だ。オレは大丈夫……彩奈を追いかけよう」

そう言って走り出そうとしたが、気分が悪くなったので早歩きにとどめた。

なんだ、起きたばかりで調子が悪いのか。

もしくはあれか、昨晩の行為による疲労だろうか。

一歩ずつ進んでいく。しかし五分もした頃には足を止めるようになっていた。

「リク、絶対おかしいって。どんどん顔色が悪くなっていくし……ほら、手も震えちゃって……！」

「…………っ」

な、なんで。これ以上進みたくないと、本能が叫んでいる。

オレという存在が、前へ進むことを拒絶していた。

吐き気を催す。息を深く吸い込み、ぐっと堪《こら》えた。

「事故……じこ……」

調子は悪くない。疲労でもない。事故だ。事故が原因だ。トラウマ……。

「い、いやいや……おか、おかしいだろ……。オレ、過去を乗り越えて……彩奈を守る存在に……。ちゃんと、向き合って……」

向き合って…………向き合って？

オレ、いつ向き合った？

彩奈のことが好きで好きで、追いかけて……彩奈、自分のことはなにもできなくなったからオレがそばにいるようにして………必死に日々を過ごして、彩奈は前向きになってきて………。ていうか、夏祭りの日にオレが彩奈を追いかけられなかった原因は？

家族……家族。お父さんお母さん……妹。妹？

名前、なんだっけ。顔は？

思い出そうとしても遠い。遠く感じる。輪郭がボンヤリしている。

妹のべーッと舌を出すところは思い出せる。でも顔が思い出せない。

顔写真――そういや、彩奈と違って、家に家族の写真置いてない。

「う……ぐっ……」

限界だった。熱いものが喉を通りすぎてくる。

口の中に苦みとしょっぱさが広がったのは一瞬。

オレは腰を折り、我慢できずに嘔吐《おうと》した。

隣からカナの必死に呼ぶ声が聞こえる。

「リク！　リク！」

「ごめん……カナの靴に……ちょっと、かかっちゃった」

「そんなのいいって！　大丈夫⁉」

なんでだよ……乗り越えた……乗り越えたつもりでいた。

直視していなかった。直視する暇もなかった。

「リクはここで休んでろ！　アタシが行ってくるから！　絶対彩奈を連れてくる！」

「これじゃあ……夏祭りの日と……同じ……」

「リク！」

同じ失敗をくり返す。オレが行かなければいけない。オレが……。

頭がぐらつく中、足を前に出す。

指先から冷えてくる。もう、足を動かせているのかもわからない。

ただ……ふっと、全身から力が抜けたのは最後にわかった。

◇◇◇

今朝のこと。いつも生意気な『──』が熱を出して学校を休んだ。

学校から帰ってきたオレは『──』の部屋の前まで来たが、ドアノブをじっと見つめて棒立ちする。昨日、『──』と喧嘩《けんか》したので気まずい。

喧嘩の原因は、オレが漫画を貸さなかったことにある。『──』から『その漫画読みたいから貸して』と言われたのだが、まだ読んでいなかったので断ったのだ。それからは『どうせまだ読まないくせに！』『読むから！　今晩読むから！』と言い合いになった。

「んー」

自室に戻ることにする。件《くだん》の漫画を一冊手に取り、『――』の部屋の前に再び来た。

……………よし、あえて普段通りに行ってみよう。

能天気な『――』のことだから、オレと喧嘩したことなんて忘れている。

なにより熱を出しているのだ、漫画程度のことで怒る余裕はないだろう。

そう判断し、漫画を背中に隠したオレはドアを開けて軽いノリで部屋に入った。

「まだ寝てるのか、『――』？」

「……………なにしにきたの？」

わかりやすい敵意を滲《にじ》ませた気怠《けだる》そうな声。

ベッドで横になっている『――』はゆっくりと体を起こす。

一つひとつの動作が緩慢だ。雰囲気自体に熱がこもっている。

広いおでこに貼られた冷えピタが印象的だった。

「しんどそうだな」

「それもあるけど……昨日のこと、忘れた？」

「なんだっけ」

「私たち、喧嘩中」

「まだ根に持ってるのか」

「その態度もムカつく」

「……………」

あれ、結構嫌われてね？　お兄ちゃん悲しい。

「妹は常に兄の後ろにいるものだろ？　つまり漫画の優先権はオレにあるっ！　てか、買ったのオレだし」

「読まずに放置してたくせに。私が貸してって言うまで漫画のこと忘れてたじゃん」

『──』は不満そうなジト目で睨《にら》んでくる。このタイミングでは漫画を出しづらい。

「んーまあ、そうだったかな。ところで体調はどう？」

「話題の変え方下手くそ。……まあ、ましになったよ。今は暇すぎて苦しんでる」

「そうかそうか、ならお兄ちゃんが話し相手になってあげよう！」

「なに言ってんの、お兄ちゃんが私と話したいだけでしょ？　どうせ陽乃お姉ちゃんに相手してもらえなくて、寂しくなって私のところに来たんだ」

「そ、そんなことないけどー」

「なにその棒読み。なら陽乃お姉ちゃんはなにしてるの？」

「……家の用事で、遠くまで行ってる」

「ほーら。陽乃お姉ちゃんがいない寂しさを私で誤魔化そうとしてる。ま、陽乃お姉ちゃんなら私のお見舞いに来てくれるもんね。この愚鈍な兄しか来ない時点で察してました」

「……くぅ……小学生のくせに生意気なっ。もっと兄を敬え！」

「じゃあ敬える兄になってください」

「お小遣いあげようか？」

「わーい、お兄ちゃん大好き！　一生ついていく！」

「一円だけど」

「ちっ死ね」

目を輝かせて喜ぶ『――』だったが、一円と聞いて怒りで顔を歪《ゆが》ませ、舌打ちした。

『――』の金が絡《から》んだときの豹変《ひょうへん》っぷりが怖すぎて泣きそうだ。

「漫画買ってお小遣い残ってないんだよ。そういうわけで……これ」

オレはベッドにいる『――』に歩み寄り、背中に隠していた漫画を出した。

「暇なら貸すよ」

「…………ども」

素直にお礼を言いたくないらしい。『――』は不貞腐《ふてくさ》れた感じで漫画を受け取り、オレとは目を合わせようとしなかった。生意気めっ。と思いながらもベッドの縁に座る。

「なに寛《くつろ》いでるの？」

「一人でいるのは寂しいだろ？　今日はずっと一緒にいるよ」

「…………優しいじゃん」

「いまさら」

「お兄ちゃんが寂しいだけだろうけど」

「否定しない。『――』は大切な妹だからなー。一緒にいると落ち着く」

「あっそ」

「なにかあったら、この頼もしい兄に言うんだぞ」

「で、陽乃お姉ちゃんに頼るんでしょ？　私がクラスメイトに嫌がらせされたとき、お兄ちゃんに相談したけど、解決してくれたのは陽乃お姉ちゃんだったもん。話し合いで綺麗《きれい》に収めてくれた」

「オ、オレだって頑張ったぞ。『――』の前に立ち続けた！」

「足、震えてたけどね」

『――』は、ぷぷっと笑った。なんてこと……兄としての威厳がない！

オレは愕然《がくぜん》とするが、『──』は懐《なつ》かしむような優しい声で。

「なんだかんだでお兄ちゃんは……私のそばにいて守ってくれるよね」

「なんだよ急に。生意気らしさがないぞ」

「だって、私はお兄ちゃんから離れて死んじゃったもん」

「…………へ？」

重い言葉とは裏腹に、『──』は優しい声のまま喋《しゃべ》り続ける。

「兄が止まったら待つのも妹の役目……そう言ったお兄ちゃんをバカにしたら、車にはねられちゃった。お兄ちゃんの言うことに従っていたら、私は死ななかった」

「それはちが──」

「違わないよ」

「いや、だって……」

そんなことを言い始めたら、オレにも原因があるじゃないか。

もっと強く、声をかけて足止めをしていたら……。

いいや、ちゃんと靴紐《くつひも》を結んでいれば……。

両親と妹は、靴紐を結び直すオレを見て立ち止まり、彩奈の乗った車に突っ込まれた。

つまりオレの靴紐が解けなければ？

そう、車にはねられる前に――両親と妹は交差点を渡り切れた。

「ごめんね、お兄ちゃん」

薄れゆく意識の中、初めて妹の謝罪を耳にした。

本当に申し訳なさそうな、悲しみに満ちた声だった。

◇◇◇

「――て」「でも――」「――」

…………。

女の子の声だ。三人いる。そのうち一人は陽乃だ。

陽乃の声は一言でも聞けばわかる自信があった。

目を開けると、真っ白な天井が見えた。独特な匂いも鼻につく。

「あ、リクちゃん……よかったぁ。目が覚めたんだね」

「はる、の……」

陽乃がオレの顔を覗《のぞ》き、安堵《あんど》して微笑《ほほえ》む。少し涙目になっていた。

どうしたんだろう、なにがあったのか思い出せない。

オレは軽く体を起こし、ここが病室であることを知る。ベッドに寝かされていた。

「リクー。ひやひやさせんなよ」

「ごめんねリクくん……なにも言わず出ていって……」

…………………………？

「リクちゃん？　ボーッとするの？　それとも、どこか痛い？」

「別に……。痛いところはないし、健康だと思う。思うけど……」

オレは気まずい思いを隠さず、陽乃のそばにいる二人の女の子に視線をやる。

意図せず茶髪のギャルっぽい女の子と目が合った。あ、かわいい。

「リクくん……？」

「えーとさ、陽乃。その人たち……………誰？」

# 三章　はじまり

「えと………え？」

茶髪の女の子は目を丸くさせ、わかりやすくキョトンとしていた。

誰もが言葉を発さず、オレの真意を測るように見つめてくる。

「あ、あははっ、リク超おもしろい！　それウケるわー」

「いや、冗談じゃなくて――」

「あれでしょ？　アタシの靴を汚したから、弁償ビビッてるんでしょ？　忘れたふりして弁償しないつもりかっ。このこのー」

「………は？」

目つきの悪い不良少女が、肘でグリグリとオレの腕を攻撃してくる。あ、これが……。

「これが、かつあげかっ！」

「もういいってリク。アタシたち、驚いたからさ……うん、ほんとまじで……勘弁して」

わざと能天気に明るく振る舞っていたのだろう。だが、その余裕もなくなり、不良少女の顔が今にも泣きそうに歪んでいく。申し訳ないと思うが、やっぱり誰かわからない。

「どこかで会った？」

「……は、はは……まじじゃん。まじのやつじゃん……」

顔を引きつらせた不良少女は、ふらーっと力なく後ろに下がる。

今度は茶髪のギャルっぽい女の子が静かに話しかけてきた。

「リクくん……私、彩奈《あやな》だよ」

「彩奈……？」

「星宮《ほしみや》彩奈」

「……ごめん、知らない。あ、クラスメイト？」

「…………」

茶髪の女の子は返事することなく、うつむいてしまった。これはやらかした。

「あ、あーごめん。悪気はない。オレ、陽乃《はるの》以外の人の名前は覚えてなくて……知らないのは君の名前だけじゃないから安心してくれ……」

と慌てて言ったが、茶髪の女の子は顔を上げなかった。

そりゃそうだ。我ながら下手くそすぎるフォロー。

「私……彩奈だよ」

「うん聞いた」

「うん。てか名前言われても、オレ……君のこと知らないし」

「星宮彩奈」

「う……っ！」

ビクッと肩を震わせる茶髪の女の子。うつむいているので表情は窺《うかが》えないが、相当なショックを受けているのが見て取れる。どうしたものか……ほんと誰この子。

オレが頭を悩ませている間に茶髪の女の子は考えを固めたのか、こちらに背中を向けて病室の出入り口に歩いていき、そのまま去ってしまった。なんか申し訳ない。

「彩奈！」

不良少女も駆け足で茶髪の女の子を追いかけ、病室から出ていく。騒々しい。

「彩奈ちゃん、カナちゃん――――」

陽乃まで去ろうとしたので、オレはすかさず陽乃の手首をつかんだ。

「……リクちゃん？」

「陽乃……そばにいてほしい」

◇　◇　◇

――――君のこと知らないし。

その冷え切った言葉が何度も頭の中で再生される。

私を見るリクくんの冷たい目が脳裏に焼きついている。

「忘れ……てる。私のこと……」

人気《ひとけ》の少ない待合室に逃げてきた私は椅子に座り、愕然とした気持ちで顔を両手で覆う。

初めてだった。あんなにもリクくんから他人のように扱われたのは……。

胸が痛い、という表現では生温《なまぬる》い。

過呼吸のように息が荒くなる。

泣き叫びたい衝動を必死に抑え、同時にこみ上げた吐き気もグッと呑《の》み込んだ。

「これが……私が、リクくんに味わわせたもの……」

好きな人から忘れられる――――ああ、ダメだ。耐えられない。

自分の存在そのものを否定された気分。死ねと言われるより、つらい。

だって私の存在はリクくんの中でなかったことになったのだから……。

「私なんていなかったことになってほしい……。そう思ったけど……思ったけどぉ……」

「彩奈っ」

「カナ？」

私を追いかけてきたらしいカナは、ちらっと待合室にいる人を見て大きな声を出すのを遠慮し、大人しく私の隣席に腰を下ろした。

「カナ……私、私……」

「わかるよ」

「カナ？」

「忘れられるって、まじ半端《はんぱ》ないわー。ふりとかじゃないもん。まじで忘れられてる」

ふーっと息を吐き出したカナは椅子に深く座り直し、おどけた感じで話を続ける。

「言葉、だけじゃない。アタシに向ける目の色とか表情、雰囲気……全部、他人に向けるそれだった。感情っつーか、愛みたいなものがなかった。多分、アタシが苦しんでても……リクは、ふーん、みたいな反応しかしない」

「…………」

カナの言っていることはすべて理解できた。胸が苦しくなるほどに。

「添田《そえだ》さんの家でのことを思い出してた。リクくん、つらそうにしてなかった。私との時間を純粋に楽しんでた。でも……違うんだよね」

「リク、めっちゃ苦しんでた。彩奈が見てないところで、悩んで苦しんで……泣いてた」

「…………うん」

「アタシさ、リクの姿を見て、本気で協力したくなったんだよ。泣くほど悩んで苦しんで……それでも好きな人のために頑張ろうとして……。リクのやつ、変なことしたり言ったりしてたけどさー………ああ、わかるわー。こんなもん、正気保てるわけねーっての」

「リクくんの記憶……どう、なってるんだろうね」

「多分、事故の記憶に繋《つな》がることをゴッソリ忘れてる。彩奈のことまで忘れるくらいだから…………結構深いところまで忘れてるんだろうなぁ」

事故現場に向かおうとしてリクくんは倒れてしまった。

……………勝手に思い込んでいた。

リクくんは過去と向き合い、乗り越えた人だと。

私は最低だ。そんな簡単なことじゃないのに。

家族の死を乗り越えるなんて、そんな――――。

リクくんはただ、私のために頑張っていただけ。

私以外のことに気が回らなかっただけだ。

「ちゃんと聞いてなかったんだけど、彩奈……どうしてリクに黙って出ていったの？」

「…………一人で、考えたかったの」

「考える？」

「うん。あの場所で、一人で考えたかったの」

「彩奈、死ぬのは――」

「違うよ。死ぬつもりはない。絶対に死なない。私が死んだら、リクくんを悲しませちゃう。それは絶対に嫌」

「じゃあなにを考えて……」

「リクくんとの人生について」

「ぁ…………」

私のはっきりとした強い言葉に、カナは掠《かす》れた声を漏らした。

「リクくんは私のためにすっごく頑張ってくれた。私に何度も何度も好きって言って、私以上に私を愛するとまで言ってくれた。だから……なにがあっても、私もリクくんと一緒にって……」

私たちの関係は世間からどう見られるのか考えて、将来のことも考えて、リクくんのおじいちゃんの思いを知って、今の私では本当にダメだと理解させられた。

リクくんの好意に甘えるだけでは、ダメだと……。

一人で事故現場に行き……考え、考え抜いて、気持ちを固めたかった。

正面からリクくんの気持ちに応えるためにも。

「せめてリクくんにメッセージを残しておけばよかったね。余裕がなくて――ううん、それも根本的な解決にならないや」

「彩奈、そこまで……」

「今度は……私の番だよね。忘れられたなら、もう一度好きになってもらう」

「強いなぁ……。ま、リクならそのうち思い出すって。思い出して、彩奈ー好きーって言い始めるよ」

「そうなるように頑張る。リクくんのところに、行ってくるね」

「んー。アタシはここで休んでおく」

カナを置いて私はリクくんの病室に戻る。

入り口から中を覗《のぞ》き――陽乃さんに頭を撫《な》でられるリクくんを見てしまった。

とても幸せそうにするリクくんを。

ふにゃふにゃに蕩《とろ》けさせた顔を陽乃さんに向け、なにかをお願いしている。

陽乃さんも満更ではなさそうで、リクくんの頭を優しく抱きしめた。

「――――」

…………ああ、平和だ。

さすが幼馴染《おさななじみ》、あの二人で世界は完結している。

リクくんは傷つくこともなく苦しむこともなく、心の底から安心している。

「あなた、どうしたの？」

後ろから話しかけられたので振り返ると、お医者さんと看護師さんがいた。

私は「なんでもないです。ごめんなさい」と言って首を振り、道を開ける。

その二人は病室に入り、リクくんのもとに向かった。

「………」

私は、カナのいる待合室に足を向けた。

◇◇◇

「彩奈ちゃん、カナちゃん……」

待合室で待機していた私とカナのもとに、気まずそうにする陽乃さんがやってきた。

どう話しかけるべきか、たくさん悩んだと思う。

「リクちゃんね、話し疲れなのかな……さっき寝たよ。あ、リクちゃんのおじいちゃんと私のお母さんお父さんも後で来るって……」

「陽乃。リクの記憶の方は？」

聞きにくいはずの話をカナはためらいなく聞きにいった。

一瞬だけうつむくも、陽乃さんはすぐに顔を上げ、震えそうな声で教えてくれる。

「事故のことは覚えてる……。でも、彩奈ちゃんとカナちゃんのことは覚えてなくて……今のリクちゃん、私に振られる前に戻ってる」

ということはコンビニ強盗の件も覚えてないんだ……。

「お医者さんがね、無理に思い出させるのはやっぱり良くないって……。ひとまずリクちゃんの記憶に合わせて、周囲の人は動いてほしいってお願いされた」

「…………」

「だからね！　時間はかかっちゃうけど、彩奈ちゃんには――」

「陽乃さん」

私は言葉を遮るように呼びかけ、陽乃さんに歩み寄った。

「彩奈ちゃん？」

「これを……お返しします」

私は手を開き、握りこんでいたカギを陽乃さんに差し出した。

リクくんの誕生日に陽乃さんからもらった合カギ……。

「なにを……言ってるのかな、彩奈ちゃん？　これを返す意味、わかってるよね？」

「わかってるよ」

「なら……できないでしょ。返すなんてできないでしょ！」

私たち以外誰もいない待合室に、陽乃さんの悲痛な叫び声が響き渡った。

陽乃さんは立ち尽くす私の両腕を力強くつかみ、爪を食いこませてくる。

「わ、私が……どんな気持ちで二人を応援して………リ、リクちゃんだって、どれだけ頑張ってきて……！」

「そうだよ、陽乃さん。だからなの」

「は？」

「リクくんは頑張る、頑張りすぎちゃう。これからも私のために……倒れちゃうほどつらくても、頑張っちゃう。家族のこと……本当は倒れちゃうくらい、つらいのに……」

「だけど、そうだけど……」

「今度は私の番だと思ったよ。もう一度好きになってもらう努力をしようって思った」

「それなら――」

私は見せつけるようにゆっくりと首を横に振った。

「……でもリクくんと陽乃さんのやり取りを見てね、ああ……そのままの方がいいなぁって思ったの。それならリクくんは私のために傷を負うことはない……余計につらい思いをすることもない……。そもそもね、リクくんが苦しむ原因を作ったのは私。私なの。それはどこまでも変わらない。本来、私は幸せになりたいって思ったらダメな人間で……リクくんに近づくことは許されないんだよ」

「彩奈ちゃん――――！　カ、カナちゃんもなにか言ってよ！」

「…………」

「カナちゃん？」

「リクのやつ、好きな人には笑っていてほしいって言ったんだよね」

「それが？」

「同じ気持ち。アタシたちもそう思ってる」

「二人とも、まさか――――」

「陽乃……リクのこと頼んだ」

私たちの落ち着いた喋《しゃべ》り方で気持ちは固まっていると陽乃さんは感じたはず。

陽乃さんは口を開けるも言葉が出てこないらしく、私の両腕から手を離した。

「う………ぁ…………バ、バカだよ！　二人ともバカ！」

「リクは……好きな人を本当の意味で笑わせるとも言ってた」

「だったら！　その気持ちを尊重して――――」

「アタシたちから見れば、陽乃といるときのリクは無邪気に……それこそ子供のように安心して笑ってるんだ。アタシたちは……そんなリクを見れるだけでも……嬉《うれ》しい」

「私ね……リクくんには、もう頑張ってほしくない。もうこれ以上……傷ついてほしくないの。陽乃さんといれば、リクくんは傷つかない平和な人生を歩める……。つらい過去に悲しむこともない」

「ち、違うの！　リクちゃんは私のこと——」

「依存、だろ。もしくは母性を求めてる。でもさ、恋愛感情も絶対にあるだろ」

「カナちゃん……！」

陽乃さんから涙が滲《にじ》んだ目を向けられても、カナは椅子から立ち上がることなく淡々とした態度を一貫していた。私も同じような態度を意識的に守り続ける。

「陽乃さん……これで、元通りなんだよ」

「元、通り？」

「うん、元通り。リクくんと私は、出会っちゃいけなかった」

「そんなことない……そんなことないよ！」

「リクくんは私との未来を作ろうと、傷だらけになりながら頑張った。もう、ね……いいんだよ。これ以上は本当にリクくんが……」

私がどれほどの決意をしたところで、リクくんは私を守ろうと必死になる。

どれだけの傷を負っても、血を吐いても……倒れるまで――。

そんなリクくんの姿を容易に想像できてしまう。

「私は学校をやめて……リクくんと距離を置く」

「…………」

「リクくんが私のために頑張ってくれたのは、私が記憶の改ざんをして……一人で生きていたからでもあったと思うの。でも、もう大丈夫。私は大丈夫……」

私は胸に手を当てる。これまでのリクくんとの大切な思い出が一瞬で駆け抜けた。

「リクくんから……一生忘れられないぬくもりをもらったから、大丈夫」

今でも私は思っている。星宮彩奈は生まれてはいけなかった人間だと。

リクくんはそんな私をひたすら想《おも》ってくれた。その気持ちに応えたかった。

でもリクくんが私を忘れたなら……それでいい。陽乃さんと幸せになってほしい。

一生分のぬくもりをもらったから、私は一人でも生きていける。

「陽乃さん……今までありがとう。リクくんと、幸せになってください」

「…………」

陽乃さんはなにも言わない。顔をしかめ、床を睨《にら》んでいた。

身を刺すような静けさが待合室に広がる。時間が過ぎるのを感じていた。

その静寂を壊したのは、やっぱり彼女だった。

「リクちゃんね……わんちゃんみたいでしょ？　ずぅと後を追いかけてきて……感情のままに動いて」

でもね、と陽乃さんは続ける。

「私、気づいたの。リクちゃんと別れた日に気づいたの。リクちゃん……わんちゃんじゃなかった。つらいことが起きたせいで、飛ぶことを忘れたまま大きくなった鳥だった」

「鳥……」

その呟《つぶや》きは、多分私のものだった。

「元々リクちゃんは自由な男の子だった。カートで店内爆走したり、教室では一番目立つような振る舞いをしたり……。なにかに縛られない男の子だった。でも、あの事故があって……私から離れられなくなって……。飛べなくなっちゃった」

陽乃さんの静かな言葉は私の胸に突き刺さってくる。

「でもね、大切なものを見つけて……その大切なもののために、傷ついた羽で一生懸命飛ぼうと頑張ってた。………つらくても、大変でも、泣きながらでも！」

陽乃さんは涙を流し、切実な声で私に訴えてきた。思わず視線を逸《そ》らしてしまう。

私は言い訳のように、「でも……飛ばなくても生きていけるなら……」と喉から絞り出した声で返した。つらい選択肢が正解なわけではない。

「そうだね……うん、それもありだと思うよ」

「それしか、ないんだよ……陽乃さん」

「もしリクちゃんが彩奈ちゃんを思い出したら……？」

「思い出させるようなことはしないでほしいの」

「自力で思い出したらどうするの？　リクちゃん、彩奈ちゃんがいなくて泣いちゃうよ」

私はちょっとうつむいて考え、答えを出した。

「陽乃さんから説明してあげて。リクくんは今回、倒れて記憶喪失になったでしょ？　そのこともあって、陽乃さんの言葉があればリクくんは納得すると思うの」

直感とは少し違う。倒れて記憶喪失になった、その事実をリクくんなら受け止める。

今までは私を追いかけるだけだった。でも今回はリクくん自身に起きたこと……。

そこへ陽乃さんの説得があれば、いくらリクくんでも私を諦めてくれる。

予想ではなく、そうなると確信できた。

「私がなにを言っても、彩奈ちゃんの気持ちを変えることはできないみたいだね」

「うん………」

「本当は私、さっきの彩奈ちゃんの言葉にすごく共感できた。私も彩奈ちゃんの立場なら同じことを言ったと思う。ううん、言った」

その言葉から陽乃さんも納得してくれたと思った。しかし、違った。

「でも違うから……私、リクちゃんの幼馴染《おさななじみ》だから……諦めきれない。リクちゃんが望んだ人生を諦めることはできない」

「陽乃さん……？」

「私たちなりに考えて考えて……違った結論を出し合った。そしてお互いに相手の結論に納得できない……ならもう、勝負しかないよ」

「勝負？」

こちらの戸惑いをよそに、陽乃さんは涙に濡《ぬ》れた目を指で乱暴に拭う。

「私次第で、リクちゃんは記憶を取り戻しても彩奈ちゃんを諦める……それは、うん……私もわかる。リクちゃんも……自分が倒れて、記憶を改ざんしちゃったことについて……いろいろ考えちゃうだろうし……」

「陽乃さん……」

「私は、リクちゃんの気持ちも彩奈ちゃんの気持ちもわかる。だから、だから……」

——私と賭けをしようよ、彩奈ちゃん。

◇◇◇

オレは転倒して頭を打ち、意識を失って病院に運ばれたそうだ。間抜けすぎる……。

その際の衝撃で記憶の混濁が見られるとも言われた。

実際、これまでのことを思い出そうとすると頭の中がボンヤリしてくる。

いつになるか不明だが、普段通りの日常を過ごしていると思い出すこともある……そうだ。どうせなら交通事故の記憶が消えてほしかった。

「ま、いいか。陽乃がいるし」

陽乃のことさえ覚えていれば、他はどうだっていい。

様子を見るということで一日だけ入院させられ、翌日に帰宅した。誰もいない寂しい家に……。それから陽乃の勧めで三日間だけ学校を休むことにした。

「暇すぎるー」

ベッドの上でゴロゴロするも、妙に落ち着かない。

まるで、しなければいけないことを放置している感覚だ。そう……あとで宿題すればいいや！　とゲームを始めたときの感覚——は、ちょっと違うか。

とにかく妙な違和感を誤魔化すため、オレは時間があれば陽乃に電話していた。

いつ電話しても陽乃は笑って話を聞いてくれる。嬉しい。

そんな感じで長い三日間は過ぎ、朝を迎えて制服に着替えた。

呼び鈴が鳴ったので鞄《かばん》を持ち、玄関に向かいドアを開ける。

「おっはよーリクちゃん！　あっ、寝ぐせあるよ！　しゃがんでー」

「ん……」

言われた通りに軽くしゃがむと、陽乃がオレの頭をギューッと上から押さえつけた。

しかし陽乃が手を離した途端、ピョンと髪の毛が跳ねたのが感覚でわかった。

「頑固だねーリクちゃんの髪の毛は」

ころころと陽乃は楽しそうに笑いながら言った。……落ち着く。

陽乃がそばにいるだけで全てが満たされていくのだ。

◇　◇　◇

陽乃と仲良く登校したオレは、いつものように自席で大人しくする。

友達がいないので一人でいるしかない。誰かが話しかけてくれるわけでもないしな。

まあ話しかけられても困るけど。オレは陽乃を見るのに忙しい。

「………でもなんか、いつもと違うぞ」

クラスメイトたちの様子がおかしい。変にオレを意識している。

露骨に視線を送ってくるわけじゃない。見ないように努めているけど、思わず見ちゃう……みたいな空気をクラスメイトたちから感じた。すげー気持ち悪い。

ただ、陽乃周辺は明るい空気が漂っている。

陽乃は仲のいい女子たちと笑顔あふれる会話に夢中だ。

「……んん」

学校での日課ともいえる陽乃ウォッチ。

しかし、なにかおかしい。落ち着かない。そわそわする。

徐々に苛立《いらだ》ちも感じてきた。

そのせいだろう、オレは陽乃から視線を外して別の場所を見てしまう。

自然と教室の中央付近に視線が移動し、目つきの悪い不良少女を発見した。

あいつ、同じクラスだったのか。

なら茶髪の女の子も――――と思ったが、この教室にはいない。

クラスメイトではなかったのか。いや、不良少女の前席が空いている。まだ登校していないのかもしれない。

「あ――――」

不良少女が、こちらをチラッと見てきた。不運にも目が合う。

「…………っ」

不満そうに唇を尖《とが》らせた彼女はサッと顔を前に向けた。……なんだよ、感じ悪いな。

◇◇◇

リードに繋《つな》がれた子犬のように、オレは陽乃に手を引かれて下校する。

陽乃に手を握られるとすごく安心するし、陽乃がそばにいるだけで嬉《うれ》しくなった。

「陽乃ー」

「んー？　どしたのリクちゃん？」

「最近……いや、退院してから、オレおかしいんだ」

「おかしい？　どこか痛い？」

「そうじゃなくて心の中がざわざわする」

「ざわざわ……」

陽乃は足を止め、オレに体を向けた。なぜか真剣な顔をしている。怖い。

「リクちゃん、他には？」

「とくにない。でも陽乃がいないと寂しい。前よりも寂しく感じる」

「リクちゃん……。それじゃあ今日、私の家でご飯食べる？」

「うん。それと……今までよりも陽乃といる時間を増やしたい」

「………いいよっ。幼馴染だもんね！」

そう言って、陽乃は明るく眩《まぶ》しい笑顔を浮かべた。

……気のせいだろうか。

その笑顔を見せる直前、ほんの一瞬だけ陽乃の顔に影が差したように見えた。

◇　◇　◇

「つーわけで、クラスのみんなには改めてお願いしたから。リクを意識すんなって」

「ありがとカナちゃん。すーっごく助かるよ」

スマホを手にしている私はカナちゃんから報告を受け、明るくお礼を言った。

クラスメイトへのお願い――――。今の私はリクちゃんから離れることができないので、そういうことはカナちゃんに任せるしかなかった。

自室の勉強椅子に座っている私はグルグル回りながらカナちゃんと話を続ける。

「リクの方はどんな感じ？」

「彩奈ちゃんに出会う前のリクちゃん——ううん、私に振られる前のリクちゃんだね。でも違和感はあるみたい。寂しさを以前よりも感じてて……無性に落ち着かないって様子だよ」

「ふうん、彩奈と同じ感じかー。彩奈もリクだけを忘れてるとき、そんな感じだった」

「やっぱり、感情……心は覚えてるんだね」

「夕飯にリクを誘ったんでしょ？　どうだった？」

「普通だったよ。お母さんたちも協力してくれて……リクちゃんは昔みたいにご飯を食べて、家に帰った」

リクちゃんは帰る際、私を見て寂しそうに目を潤ませていた。

そのとき、私は胸を締めつけられる思いに襲われた。

今すぐにリクちゃんを抱きしめて想《おも》いをぶちまけたい衝動にも駆られた。

でも、自分の腕を強くつねることで、なんとか我慢できた。

「リク……ほんと大丈夫なのかよ」

「大丈夫だよ、リクちゃんなら」

「………………」

「リクちゃんは疲れているだけ。もし疲れたら、幼馴染の場所に戻っておいでって……私、リクちゃんと別れた日に言ってあげたの」

「陽乃……」

「私にはわかる。いずれリクちゃんは、私のもとから飛び立つって」

自分の居場所を作りに、飛び立つ――。その未来が私には見えていた。

◇◇◇

「おはよーリクちゃん！　今日も元気な寝ぐせがあるねー」

違和感を抱きながら過ごす日々の中、唯一の救いは陽乃がそばにいてくれることだった。

陽乃だけを見て、陽乃のことだけを考えていればいい。

……………それが通用したのは、最初の数日間だけだった。

いくら水を飲んでも喉の渇きが満たされないようなもどかしさを感じている。ずっとだ。寝ているとき以外、ずっと感じている。

今では陽乃がそばにいても『なにか違う』と感じるほど重症になっていた。

「リクちゃん？　どうしたの？　まだおねむ？」

「……おはよう」

「おはよっ。さ、学校にいこ」

「陽乃」

「ん？　え――――っ」

喉の渇きから解放されたくて、オレは感情のままに陽乃を正面から抱きしめた。体のぬくもりと柔らかさを味わうように抱きしめ続ける。

「リ、リクちゃん!?　あ、朝から元気だねぇ……！　う、嬉しいけど………ああ、これかぁ……ん、ふぅ」

陽乃の口から恍惚《こうこつ》とした息が吐き出された。大切な幼馴染《おさななじみ》が幸せそうでオレも嬉しい。

………でも、違う。なにか違う。ここまでしたのに、満たされない。

むしろ胸が痛い。罪悪感か、これは――――。

「陽乃、いきなりごめん」

衝動的とはいえ申し訳ないことをした。オレは陽乃を離し、頭を下げる。

「い、いいよリクちゃん、気にしないで。あ、でもでも、次からは先に言ってもらえると助かるかもっ」

「うん……ほんと、ごめん」

幼馴染なんだから、別にハグくらい問題ないと思う。もっと触れ合うようなことを小さい頃からしてきたし……。なのに、本当に酷《ひど》いことを陽乃にしてしまった気がする。

頬を赤くし、照れ笑いを浮かべる陽乃を見ていると、とことん自分が最低に思えた。

◇◇◇

その日の学校の授業は終わり、オレは陽乃に手を握られて下校する。

この握られた右手を見下ろし、『この手は握られるのではなく、握るものでは？』と変な思考がよぎった。自分でも意味がわからん。

「最近のリクちゃん、ボーッとしてるね」

陽乃は立ち止まり、こちらに振り返るなりそう言ってきた。

「うん……。ボーッとしてる」

「心配だなー。私、今日からリクちゃんの家に泊まろっか？」

「…………いや、いい」

「んっ、だよね」

めっちゃ泊まってほしい。だが、自分でも意味がわからないまま断ってしまった。

「陽乃……オレ、変かな？　病気かな？」

「病気じゃないよ、疲れてるだけ」

「疲れてるだけ……」

「うん！　だからね、幼馴染の私にドーンと寄りかかっていいんだよ」

満面の笑みを浮かべた陽乃は自信満々に自分の胸を叩《たた》いた。

「無理してない？」

「え……して、ないよ」

一瞬だけ真顔になった陽乃だが、すぐに明るい笑みを取り戻した。

……おかしいのはオレだけじゃない。陽乃もだ。いや、他にもおかしいことだらけだ。

クラスメイトたちのよそよそしい感じとか……病室にいた不良少女と茶髪の女の子も
――。

「邪魔なんだけどリ――黒峰《くろみね》と、春風《はるかぜ》」

背後から苛立ちと不機嫌が混じった声をかけられ、オレは振り返った。

不良少女だ。いつになく目を鋭くさせ――ていうかオレを睨《にら》んでいる。こわっ。

今にも殴りかかってきそうな荒々しい雰囲気を醸《かも》し出していた。

「どいてくれる？　通行の邪魔」

「あ、あぁ……ごめん」

オレと陽乃は道の端っこに並んだ。「チッ」と舌打ちして目の前を通りすぎていく彼女を見て、咄嗟《とっさ》に話しかけてしまう。

「名前なに？」

「は？」

足を止め、じろりと睨んでくる目つきの悪い不良少女。ひぃっ。

「名前、教えてほしいんだけど」

「…………カナ」

カナというらしい。名前だけ言い、カナはさっさと歩いていってしまった。

「リクちゃん。カナちゃんのことが気になるの？」

「まあほら、病室にいた人だろ？」

「そうだよ。リクちゃんが倒れたとき、偶然そばにいたんだって」

偶然そばにいた……。それでクラスメイトとして心配し、病室まで来てくれたのか。

にしてはオレが目覚めたとき、気安く接してきたが……どういうことだろう。

オレが忘れてしまっているだけで、カナとなにかあったのだろうか。

◇◇◇

「カナちゃん！　あれはルール違反だよ！　帰り道も違うでしょ！」

「まじ、ごめん………」

夜。私は我慢できず、電話越しにカナちゃんを叱りつけた。本気の怒声ではなく、ちょっとした冗談交じりだけど……。でもカナちゃんの行為はルール違反に変わりない。

勉強椅子の回転に身を委ねつつ、カナちゃんの話を聞く。

「あ、あーでもさ……アタシとリク、病室で会ってるじゃん？　あれくらいの接触なら……別に良くない？」

「それでもリクちゃんとは無理して関わらないって話でしょ？」

「そうだけど……」

「カナちゃんの気持ちもわかるよ。本当にわかる……」

「ごめん……。やっぱ、リクには彩奈を想ってほしいっていうか……それが一番しっくりくるっていうか……。つーか、陽乃はいいのかよ」

「なにが？」

「リクの動きを待つってことは、今の関係が崩れるってことじゃん。今のままでいれば……陽乃はリクと結ばれるわけで……。今のリクなら、陽乃が本気で押せば――」

「それは違うよカナちゃん」

私は床に足をつけ、勉強椅子の回転を止める。ゆっくりと本心を紡《つむ》ぐことにした。

「好きな人が一番幸せになれる道を知ってるのに、他の妥協した道を歩ませたくないの……。リクちゃんには、今よりも幸せになってほしい。たとえ、今よりもつらい思いをすることになっても……リクちゃんが望んでいたことなら、その道に進ませたい」

「鬼だな陽乃」

「愛のあるスパルタ教育だよっ」

「ははっ。でもなんか、わかった。昔の陽乃が、リクへの好意を自覚できなかった理由」

「んーなんだろ……なに？」

「陽乃はリクの幸せしか考えてないんだ。他のことは二の次三の次で……自分の気持ちすら、後回しにしてる。自分の気持ちにも無頓着だったんだよ、陽乃は」

「そんなこと――あるかも」

「変な女ー。一番好かれるけど、一番嫌われるタイプー」

「なにそれー……」

意外と的確かも？　と思い、少し悔しく感じた。

◇◇◇

夜風に当たりたくなったオレはベランダに出て、柵に手をつきながら夜空を見上げる。

「……近く、感じるな」

これまでは、もっと低い位置から見上げていたような気がする。

なにをしても、なにを見ても違和感があった。

「この腕時計も、そうだよなぁ」

不思議なことに、オレの両手首には腕時計が巻かれている。両手付けだ。かっこいい。

「銀色の方は……おじいちゃんからもらったんだよな。黒色は……思い出せない」

そもそも銀色の腕時計も、どのようにしておじいちゃんからもらったのか思い出せないのだ。もらったのはわかるんだが……。

こんなことなら、おじいちゃんがお見舞いに来てくれたときに聞けばよかった。

「弱ったなぁ」

一日を重ねるごとに違和感は膨れ上がり、落ち着かなくなる。自分にイライラする。

「あの茶髪の女の子……」

病室で目覚めたとき、そばにいてくれた茶髪の女の子——星宮彩奈といったか。

ギャルっぽい感じのかわいい女の子だった。結局、顔を合わせたのは一度きりで、学校で見かけることは一度もなかった。他校の子だろう。

陽乃とカナにも聞いてみようか。多分二人の友達だろうし。

「今になって、めっちゃ気になる」

星宮彩奈、と口に出してみた。違和感がなかった。

◇◇◇

「彩奈、部屋の整理は終わりましたか？」

ちょうど服をタンスにしまったとき、後ろから呼びかけられたので振り返ると、部屋の入り口におばあちゃんが立っていた。いつも着物を着ているおばあちゃんはどんな状況でも背中を綺麗《きれい》に伸ばし、常に凛々《りり》しく振る舞う。

私が「うん。終わったよ」と返事すると、おばあちゃんは薄く微笑《ほほえ》んだ。

リクくんがあの状態になってから私は学校をやめ、おばあちゃんの住む田舎の平屋の家に引っ越した。しかし、これからの生活に向けての準備で色々慌ただしく、部屋の整理をする時間がなかった。最近になって自由時間を確保できるようになり、何日もかけて部屋の整理を行い……ようやく終えたところだった。

「おばあちゃん。今から出かけるね」

まだ昼前。やりたいことが残っていた。私は部屋から出ていこうとする。

「彩奈」

「ん、なに？」

「黒峰さんのことですが……」

「ぁ……うん」

「彩奈はまだ十六歳……人生は始まったばかりです」

「…………」

「新しい人生を歩みなさい。良い人が必ず現れるから」

「そうだね、おばあちゃん。それじゃ、いってきます」

どんな顔をすればいいかわからなくて、とりあえず笑っておいた。

◇◇◇

「あーら彩奈ちゃん、久しぶりね～」

　場所はコンビニのバックヤード。私を見たオーナーは体をくねらせて嬉《うれ》しそうに笑った。元気そうでホッとする。私が行きたかった場所はコンビニだった。

　なんの挨拶もできず、やめてしまったことが心苦しかった。

「オーナー、本当にごめんなさい。勝手にやめちゃって……」

「いいのよ彩奈ちゃん。事情が事情だもの。まずは自分を大切にしてあげて」

「はい……」

　そう優しく言ったオーナは私の肩をポンポンと軽く叩いた。

「それと……彼のことよねぇ。陽乃ちゃんから聞いたわ」

　リクくんが記憶喪失になってから一番積極的に動いたのは陽乃さんだった。リクくんとつながりある人全員に事情を説明し、協力を求めていた。

「つらいものね……。なにかしてあげたいのに、なにもしないのが一番というのは」

「……このまま……リクくんには陽乃さんと幸せな人生を歩んでほしいです」

「本気？」

オーナーにじっと目を覗《のぞ》き込まれ、私は咄嗟に顔を下に向けた。

「ごめんなさいね。私がそこまで踏み込んでいい話じゃなかったわ」

「………オーナー。お世話になりました」

感謝の気持ちとともに私は頭を深く下げ、コンビニを後にした。

次に向かう場所は田舎のコンビニ。そこでも私は黙ってやめてしまい、迷惑をかけてしまった。今から謝罪に向かいます、とそのコンビニの店長に電話してから駅に行き、電車に乗り込む。

窓越しに流れていく景色を見ていると、色んな考えや思い出が浮かんできた。

……この手で直接、リクくんのスマホから私との思い出を消したんだよね。連絡先から写真まで全て消去した。もう本当にまっさら。

私に関する痕跡はリクくんの周辺に残ってないはず――あ、腕時計……。

「やっちゃったー」

リクくんの腕から外すの忘れてた。陽乃さんは気づいてたんだろうなぁ。

あのとき、陽乃さんから言われた賭けは、正直賭けと呼べるものではなかった。

時間稼ぎであり、私の覚悟を遅らせるためのものだった。

リクくんと別々の道を歩むという覚悟を……。

「…………」

ふとおばあちゃんから言われた『良い人が必ず現れるから』を思い出した。

「現れても……ダメだろうなぁ」

◇◇◇

「まてぇええええ‼　カナぁあああああ‼」

「わ、わ……わぁあああああああ‼」

平和な放課後。喧噪《けんそう》満ちる街中で、オレは目を血走らせてカナを追いかけ回していた。

横腹が破裂しそうなほど痛いが、それでも「まてぇええええ‼」と声を張り上げてカナを追いかける。学校にいる間、何度かカナに話しかけようとしたのだ。しかし一度も取り合ってもらえなかった。そこで仕方なく放課後になるのを待ち――――。

こうして、追いかけることにした。

「カナぁあああ‼」

「く、来るなぁあああ！」

歩道を走り、公園の砂場を駆け抜け、ついには河川敷《かせんしき》の散歩コースまで来る。

「話を……聞きたいことがあるだけだ！」

「アタシに……アタシに関わるんじゃねえ‼　――――つあっ！」

「あ」

こちらに振り向きながら叫び、走っていたせいだろう。カナは足を絡《から》ませ、こけた。

「だ、大丈夫か⁉」

「………が………ぁぁ……いだい……っ」

カナは涙目になりながらその場に座り込む。膝を浅く擦りむいていた。

「ごめん……追いかけすぎた」

「ほんとだよコンチクショウ……」

「記憶とか、大丈夫？」

「なんも忘れてねーよ……リクと違ってな」

「リク……やっぱりオレとカナは知り合いだったのか？　それも名前で呼び合うほどの」

「うっ……や……別に…………」

「そうなんだろ？　オレと違って忘れてないって、そういう意味だろ？」

「………」

カナは気まずそうに視線を明後日《あさって》の方に逸《そ》らし、擦りむいた膝をハンカチで拭き始めた。今のやり取りからして、うそをつくのが下手なタイプなんだろうな。

「痛いんだよ……バカ」

「ごめん。代わりにやろうか？」

「…………んっ」

ハンカチを手渡されたので、代わりに傷を拭くが——。

「いって！　バカリク！　痛い！　もういい！　自分でやる！　てか、自分じゃないと力の加減がわからないでしょ、こういうのは！」

「オレが悪いのは事実だけどさ、結局ハンカチを渡したのはカナで——」

「あん？」

「なにもないです。ごめんなさい」

チンピラのような睨《にら》みをされ即座に頭を下げた。怖すぎる。でも、なんか懐《なつ》かしい。

「なに笑ってんの？　アタシが痛がってるの、面白い？」

「え、笑ってた？　ちょっと……懐かしく思えて……」

「ふぅん」

「オレとカナは……以前からこんな感じだった？」

「さあね。うっし……アタシ帰るわ。もう追いかけてくんなよ……怖いし」

「待ってくれ！」

立ち去ろうとしたカナを止めたくて、思わずカナの右手首を握りしめてしまう。

「………………」

「カナ？　あ……痛いか」

「それくらいなら痛くないけど……」

理由は不明だがカナの頬がポッと赤くなっていた。ただ、今のオレにその理由を考えている余裕は一切ない。怪我《けが》をさせたことは申し訳なく思うが、聞きたいことがあるのだ。

「星宮彩奈って誰？」

「………………」

「病室にいた茶髪のギャルっぽい子のことだ。陽乃に聞いたらカナの友達だと言ってた」

「……アタシにぶん投げかよ」

「カナ？」

「あー、んまあアタシの友達だよ、てか親友。遠くに引っ越したけど」

「引っ越した……どこに？」

「言わねえ、絶対に言わねえ」

「ど、どうして」

「アタシに怪我させたから」

「ほんとごめん……」

「怪我のことがなくても言わなかったけど」

なんだよそれー。カナはオレの手を振り払い、今度こそ背中を向けて歩いていく。

「カナ！」

「彩奈の居場所は教えられない……絶対にな」

背中越しにそう言い、手をヒラヒラと振ってカナは去っていった。

これ以上追いかけても教えてもらえないだろう。諦めるしかなかった。

◇◇◇

もどかしい。なにかに急《せ》かされているような感覚だ。

なにをするにしても『これは違う』と微弱な電流のような違和感に脳をくすぐられる。

オレはカナから話を聞いた後、今度は陽乃から話を聞くことにした。

今から行くと陽乃に連絡し、陽乃の住む二階建ての家に足を運んだ。真っ白な外観でおしゃれな感じがする。小さな頃から何度も目にし、何度も入ったことがある幼馴染《おさななじみ》の家。

インターホンを鳴らし、応対してくれた陽乃と挨拶程度の話をすませる。

数秒ほどでドアは開かれ、制服を着たままの陽乃が姿を見せた。

「やっ、リクちゃん。やっぱり幼馴染が恋しくなっちゃった？」

「幼馴染ってよりは陽乃が恋しいかな」

「リクちゃんて、いきなりドキッてさせてくるよねー。話、あるんでしょ。入って」

オレと陽乃は慣れた感じで陽乃の自室に向かう。

中に入ると、全体的に明るい色が目立つ女の子の部屋を目にした。薄いオレンジ色の壁紙に合わせたように、カーテンからカーペット、その他家具も暖色系に揃《そろ》えられている。

陽乃から「座ってリクちゃん」と言われ、オレはベッドの縁に腰を下ろした。

すると陽乃もオレの隣に腰を下ろし、どこか嬉しそうな笑みを浮かべた。

「リクちゃんが家に来てくれると、なんだか嬉しくなっちゃうなあ」

「小さい頃は……毎日のようにオレはこの部屋に来てた」

「そうだったね。私も……リクちゃんの家に何度も行った」

「お風呂《ふろ》一緒に入ったり、一緒に寝たり……一緒に登下校して……」

「将来を誓い合って、ちゅうもしたよねっ」

「……………本当に小さい頃の話だけどなぁ」

　オレは遠い目をして過去を振り返る。不思議と子供の頃は結婚に関心を持ったものだ。

「あ、この人形……」

　枕元に置いてあるデフォルメ系の犬の人形に気づく。

「小二のとき、リクちゃんがくれた誕生日プレゼントだよ」

「まだ大切にしてくれてるんだ」

「当然だよ。リクちゃんからもらったものは、どんなものでも大切にしてる。リクちゃんが力作だーって言ってた消しゴムのカスで作ったお団子も引き出しに入れてるよ」

　それは捨ててもいいと思う。

　ていうかオレ、ゴミみたいなものまで陽乃にあげていたのか。

　ちょっとばかり自分に唖然《あぜん》としつつ、本題に入ることにする。

「気持ち悪い言い方だけど、オレは陽乃に隠し事はしてない。隠すことが一切ない。オレは陽乃にならすべてを知られてもいい。オレにとって陽乃はすべてだと思ってたから」

「思ってた、ね。うん、それで?」

　オレは隣に座る陽乃に向き直り、一呼吸置いて、真剣に問いただす。

「陽乃、オレになにか隠してない?　それも、人生が変わるほど大切なことを」

「………どうして、そう思うの？」

「勘」

「勘て」

たはは、と陽乃は呆《あき》れた風にかわいらしく笑った。

「オレは陽乃がそばにいてくれたら、他のことはどうでもいい。ずっとそう思ってた。でも最近は……そう自分へ言い聞かせるようになってる。うまく言えないけど、今の生き方はオレの人生じゃない気がするっていうか……」

「リクちゃん……」

「オレ、まだうまく昔を思い出せないんだ。ボンヤリしてる。覚えてるのは家族との日々と、あの事故、そして陽乃との日々……。だけど、他にもあった気がするんだ。陽乃が知ってることを全部教えてほしい」

「……どうだったかな」

「陽乃！」

「私はリクちゃんの幸せを第一に考えてる。たくさん考えて、私ができるのはお膳立てまでってわかったの」

「なんの話だよ！　お膳立てってなに⁉」

「リクちゃん次第だよ」

「意味わからないって！　陽乃もカナもはっきり言ってくれない。オレになにがあったか、言ってくれるだけでいいのに……！」

「もし運命があるなら、今リクちゃんは試されてるんだと思う。……うーん、少し違うかも。きっと今のリクちゃんは、過去のリクちゃんが望んだ道を歩いてるんだよ」

「だから！　そんな意味わからないことを聞きたいんじゃなくて……もっと具体的に！」

苛立《いらだ》ちが言葉に乗る。オレの怒りを前にしても陽乃は薄い微笑《ほほえ》みを絶やすことはなかった。その見守られている感じが今は気に食わない。

「もういい……帰る」

「またね、リクちゃん」

オレが部屋を出る際、陽乃は「どんな結果になっても私は幼馴染だからね」と優しく言ってくれた。結果ってなんの話だ。どうしてはっきり教えてくれないんだろう。事情があるのか。あるとすれば、茶髪の女の子……星宮彩奈が関わってる——？

「っ！」

道を歩きながら考えていたオレは、急に襲ってきた頭痛で思わず屈《かが》んでしまう。こめかみがズキズキと痛むタイプの頭痛だ。おまけに吐き気までしてくる。

「…………」

これ以上、思い出そうとしないほうがいい──────。

人間が本能的に暗闇を恐れるように、違和感の正体を探らないほうがいい気がした。

「もう、いいか……。誰も教えてくれないし……陽乃がそばにいれば……」

別に今の生活が嫌なわけじゃない。イライラしたり頭痛に襲われたりするくらいなら、違和感を気にしない努力をするべきだろう。オレは、そう結論を出した。

そうして日々は過ぎ去り、冬になった──────。

◇◇◇

朝の曇り空の下、陽乃と並んで学校に向かう。

吐く息がたまに白くなった。すっかり冬だ。手をポケットから出すのも嫌になる。

肌を少したりとも晒《さら》したくない。そこへくると陽乃を含め、一部の女子たちはすごいものだ。冬でもタイツを穿《は》かない。オレなら脚から凍えてカチコチに固まってしまう。

「リークちゃん。マフラー、暖かい？」

「うん」

オレと陽乃は一つのマフラーを巻いて歩いている。

もうどこからどう見ても付き合ってるとしか思えない。なのに未《いま》だ幼馴染という関係にとどまっていた。

これだけの距離感で振られるとは到底思えない。三年生になるタイミングで告白しようかな……。

思えないが……一応、軽い確認をしてみるか。

「陽乃」

「なに？」

「オレたち……周りから見たら付き合ってるように見えるのかな？」

「かもねっ。えへへ」

弾むように笑う陽乃。寒さなんて吹き飛ぶかわいらしさ。これは両想《おも》い確定ですね。

「でも私とリクちゃんは幼馴染だもんねー」

「……そ、そこから関係が発展する可能性だって……あるよな？」

「可能性で言えばそうだね。でも私は、もう少しこの関係を続けたいかな」

笑みを浮かべながら言う陽乃から悪意は感じ取れない。本心だ。

……………もう少しこの関係を続けたい、か。

きっと陽乃はオレの気持ちに気づいている。

まだ告白はしないで、と言われているような気がした。

「なんでだよ……」

「リクちゃん？」

「なんでもない」

オレはポケットから手を出し、陽乃の手を握りしめる。ギュッと握り返してくれた。

マフラーを一緒に巻いて、手を繋《つな》いで登校する……。ここまでオッケーなのに、どうして告白されることを嫌がるのか。

「あれ……オレ、陽乃に……」

告白したことがあったような…………いや、ないか。

もしあったなら、すでにオレと陽乃は付き合っている。

「リクちゃん。前にね、違和感がどうとか言ってたよね？　今はどう？」

「冬に入った辺りからマシになった。陽乃のことだけを考えるようにしてる」

「リクちゃん……」

「オレのこと、嫌？」

複雑そうな声に聞こえ、不安に駆られて聞いてしまう。

「嫌じゃないよ、まったく嫌じゃない」

そう言うも陽乃は小声で「あの日までは……これまで通りの日々を。リクちゃんと付き合うわけには——」と呟《つぶや》いていた。すべては聞き取れなかったが、陽乃なりに事情があるのかもしれない。どんな事情があるにせよ……。

「陽乃は……オレを置いて、どこかにいかないよな？」

「うん！　絶対にリクちゃんを置いていかないよ。むしろ置いていかれるのは私かもね」

そんなわけない、とオレは笑い飛ばした。オレは陽乃についていくだけだからな。

◇◇◇

昼休みになり、オレは友達と談笑する陽乃を見て癒《いや》されていたが、尿意を感じたのでトイレに行くことにした。

用を足し、手を洗ってトイレから出る。

「あ…………カナだ」

トイレから少し歩いた先に階段がある。その階段から一階に下りていくカナを見かけた。

……カナとは追いかけっこした以来話をしてないな。目を合わせることもなかった。

オレは陽乃だけに意識を集中し、カナはオレを無視している感じだった。

「…………」

早く教室に戻って陽乃を見ていたい。その衝動に駆られるも、このときなぜかカナの行動が気になった。些細《ささい》な気まぐれ程度にすぎないだろう。

それでもオレはカナを追いかけた。

階段を下り、一階の廊下を進むカナの背中を捕捉する。

気取《けど》られないように一定の距離を保って跡をつけた。昇降口から外に出てグルリと校舎を回る。そのままカナは校舎裏に行ってしまった。

わざわざ外靴に履き替えてまでこんな場所に――あ、かつあげかっ！

カナはターゲットを校舎裏に呼び出し、己の欲望のままに傷つけるつもりなのかっ。

こんな寒い外で………。

オレは校舎の壁に背中を張りつけ、こそっと頭を出して校舎裏の様子を確認した。

そこにいるのは、こちらに背中を向けたカナ一人だ。

もしかしたら告白イベントもありえる？

しかしオレの予想を裏切るように、カナはスマホを取り出して電話を始めた。

「――で――ほんと？　うん――」

うまく声が聞こえない。だが声が弾んでいる。楽しそうな雰囲気は伝わってきた。

カナは依然としてこちらに背中を向けているが、明るい表情を浮かべているだろうなとは思えた。相手は誰だろう……？　彼氏、ではなさそうだ。友達っぽい。

「リク？　あいつなら――んっ――いや――」

ドキッとした。本当に誰と喋《しゃべ》っているんだ。気になる。

「うんうん――それで――そっか、彩奈も――」

彩奈……………星宮彩奈のことか！　すっかり忘れていた名前だ。

いや、忘れようとしていた名前だ。この名前を意識すればするほど頭痛が酷《ひど》くなる。それに知ってはいけないことまで知ってしまいそうな――そんな、変な感覚にさせられる名前でもあった。……ああくそ、軽い吐き気がしてきた。

もう教室に戻ろう。カナに見つかったら面倒くさいことになるだろうし――。

「うっわ、立ち聞きとか趣味わるー」

「………」

逃げるのが遅れたか。すぐ隣にカナは立っていた。

カナは「うげーっ」と苦そうな顔を作り、非難する目をオレに向けてくる。

オレが吐き気を催している間に、電話を終えて戻ってきたらしい。

「なにリク？　アタシのことが気になんの？」

「まあ、ちょっと……」

「ふぅん。あれから、これっぽっちもアタシのこと意識しなくなったくせに」

「そうなんだけど、なんかほんと、たまたまっていうか……」

自分でもよくわからずカナの跡をつけてしまった。

「アンタさ、陽乃と付き合うつもりなわけ？」

「付き合いたいとは思ってる。タイミングを見て告白するつもり……って、カナになに言ってんだろオレ。余計なこと言っちゃった。忘れてくれ」

「はいはい。んじゃっ、幸せになりク」

ひらひらと手を振り、カナは昇降口を目指して歩いていく。

その遠ざかっていく背中を見て、今逃したらチャンスはない、と感じた。

なんのチャンスかもわからない。ただ、焦《あせ》った。

「カナ！」

「…………」

オレが大声で呼びかけると、カナは足を止めて無言で振り返った。

カナは影のある静かな表情を浮かべ、オレの言葉を待つ。

「星宮彩奈って誰？」

「……もう忘れちまったのかと思った」

「さっき……カナの電話が少しだけど聞こえて……思い出した」

「リクは陽乃と付き合うつもりなんでしょ？　ならそれでいいんじゃない？」

「いいのかな。実は陽乃、オレから告白されるの嫌がってる感じがして……」

「今だけでしょ」

「今だけ——カナは、陽乃からなにか話を聞いてるのか？」

「…………」

ぷいっと視線を逸《そ》らすカナ。わかりやすいな……。

「アタシは二人の立会人的な感じ」

「二人……立会人……？」

「ぶっちゃけ、すげー損してる気分。毎日悶々《もんもん》としてる。だけどそれがアタシの立ち位置ってことはわかってる」

「もっとはっきり言ってくれよ。そんなフワフワした言い方じゃ、こっちはなにもわからないんだよ」

「歩けば？」

「はい？」

「陽乃にくっついてるだけじゃ、思い出せるものも思い出せないでしょ。違和感の解消だってできっこない……とアタシは思うけどね。これまでのリクたちを見てたらさ」

やはりカナは知っている。そしてオレはなにかを忘れている。

陽乃がオレの告白を今だけ嫌がるのも、それが理由なんだろう。

「オレが……オレが思い出すのを……陽乃とカナは、待っているのか？」

「………………」

またしても、ぷいっと視線を逸らすカナ。どうやらオレの予想は正解らしい。

「思い出すのを待つ理由は？　それを……それを一番知りたい」

「一番言えないのがそれなんだよ、リク」

「あぁ、もう……もどかしいな」

「だったら、ま……歩きなよ。街中を歩いて、なんなら電車でちょっと離れた街まで行って歩いて………夏休みの終わりくらいまでさ」

「意味が……わからん」

「アタシ言いすぎたなー。陽乃に怒られそう……。ま、リク次第ってわけ」

「なあ――――」

「協力者としての助言は以上！　んじゃ」

カナは明るく言い、オレの言葉を待たずして去っていった。

すべてにおいて意味不明だ。しかし確実にわかったことはある。オレはなにかを忘れていて、陽乃とカナは思い出すのを待っている。それは多分、星宮彩奈が関係していて……。

「ヒントは、夏休みの終わりまで街中を歩く……か」

◇◇◇

下校中もカナから言われたことがずっと気にかかっていた。

あれは助言というよりもオレにしてほしいことを伝えたという意味が強そうだ。忘れかけていた違和感を思い出し、また思い出せないことに苛立《いらだ》ちが募る。

「リクちゃん?」

隣を歩く陽乃にオレは「なにもない」と返し、分かれ道に差しかかって足を止めた。

「陽乃。ちょっと寄り道しない?」

「いいよー。行きたい場所でもあるの?」

「とくにない……なんとなく歩きたい気分なんだ」

「そっかー……じゃあ一緒にお散歩しよっか——あっ!　リクちゃん!　そこわんちゃん

のうんち！」

「うわぁあぶなっ！」

踏む寸前だった。些細なことだが、幸先《さいさき》悪く感じるぞ……。

それから適当に二人で歩いていると、駅近くのクレープ屋台を目にする。小さな広場もあって席も用意されていた。初めて来た気がしない。

むしろ何度か来たことがあるような……？

「陽乃。ここ、一緒に来たことがあるよな。あの椅子に座って、クレープを食べて……」

「ええ？　違うよリクちゃん。食べさせ合いっこしながら帰ったんだよ」

「……………え？　あ、ああ、そうだった」

「リクちゃんー。誰と間違えたのかなー？」

陽乃は目を細め、睨《にら》むようにして見上げてくる。ハムスターが怒ってるみたいだ。

「オレ、誰と間違えたんだろ」

「…………」

「ああそうか、わかった！」

「ほんとっ⁉」

「うん！　オレ、陽乃とデートする妄想を何度もしていたんだ。多分現実とごちゃごちゃになってた」

「わかってないよ！　全然違う！　そうじゃないでしょリクちゃん！」

子供を叱る母親のように声を荒らげる陽乃だった。でもこれに答えとかなくない？

「リクちゃん……私とデートする妄想をしてたんだ」

「あ……ごめん。気持ち悪いよな」

「ううん、そんなことないよ。ちょっぴり複雑だけど嬉《うれ》しい」

複雑だけど嬉しい……その言葉をどう解釈すればいいのだろう。

「夏休みが終わったら……リクちゃんの答えを聞かせて」

「夏休みが終わったら………」

またそれか。オレだけが知らされていない事実があるわけだ。もやもやする一。

◇◇◇

土曜日の早朝ということで、ベッドでのんびりとした時間を過ごす。

何気なく枕元に置いてあるスマホに手を伸ばした。スマホを触り始めるとあっという間にお昼になる。ただ今回に限ってはスマホに集中できなかった。

「…………なんだよ、くそ」

カナのせいだ。カナから言われたことが延々と頭の中を回り続けている。

かといって、この忘れたなにかを思い出そうとすると頭痛がするし吐き気もする。

もはやアレルギー反応だ。

苦しみながらも目を閉じて思い出そうと試みる。

しかし遠くに見えるボンヤリとした誰かの輪郭を捉えることができなかった。

一度は忘れようとし、陽乃に夢中になることで忘れることはできた。

だとしても、やはり…………。

「まあ、歩くだけなら……」

健康に良いし、気晴らしにもなるだろう。少なくとも家で腐ってるよりはマシだ。

普段着に着替えて家から出ていこうとする。

「あっ」

玄関のドアを開けてすぐ、陽乃と遭遇した。

パチッと目があった瞬間に約束を思い出す。

そういえば陽乃が遊びに来てくれるんだった。

「ん？　リクちゃんお出迎え、ごくろう！」

いきなりドアが開かれて戸惑う陽乃だったが、気持ちを切り替えて芝居がかったセリフを口にした。おまけにドヤ顔しながら胸を張っている。

「あー……うん、お出迎えです」

「違うね、絶対に違うね。私との約束を忘れて、どこかに行こうとしてたね」

見抜かれた。さすが幼馴染《おさななじみ》。心の中で拍手する。

「んー？　大切な幼馴染との約束を忘れてー、どこに行こうとしたのかなー？」

「と、とくには……」

「えー？　誤魔化しにもなってないよー？」

わざとらしくニヤニヤする陽乃は、オレににじり寄って問い詰めてくる。弱ったな。

「散歩……です」

「散歩ー？　え………散歩？」

「その辺を適当に歩こうかなって」

「急にどうしたの？　SNSに影響を受けて健康志向になっちゃった？」

「そうじゃないけど……ま、いいか。家に上がって」

散歩程度で陽乃を帰すわけにはいかない。しかし――――。

「いってらっしゃい」

「…………ん？」

「散歩に行くんでしょ？　私、リクちゃんの家で待ってるね」

「なんで？」

「なにが？」

「散歩……だぞ？　用事ですらないのに」

「でもリクちゃんにとって大切なことなんでしょ？」

大切でもない。カナに言われたのがきっかけだが、思いつきの範囲を超えない行動だ。

「お昼ご飯、作って待ってるね」

「あ、うん……」

陽乃は笑って頷《うなず》き、オレの家に入ってしまう。ドアの閉まる音が会話の終了を告げた。

「…………えー？」

ただの散歩なんですが。

◇　◇　◇

ふらふらとあてもなく街中を歩く。最初は家の周辺。そこから範囲を広げて学校付近にまで行ってみる。お昼頃に帰る予定で散歩していた。

陽乃とあんな話をした後なのに、すぐに帰るのも逆に変な感じがするしな……。

「ん」

通りを歩いていたオレはスッと足を止める。通りに面したカフェを見て気になった。

なんだか頭の奥がうずく。

オレには縁のない場所に思えるが、地味に思い出がありそうな……？

「ダメだ、わからん」

陽乃とは来たことがない場所だ。しかし他の誰かと来たことがあるような気がする。

その誰かを思い出せない。必死に思い出そうとしても思い出せないのだ。

何度も感じるもどかしさにイライラさせられる。

「…………」

あてもなく歩いていたつもりだが、この道に馴染《なじ》みを感じた。勝手に動く足に任せて歩いていく。途中、見かけた映画館やゲーセンも気になった。陽乃と来たことがあるので気になること自体はおかしくない。でもなにか引っかかった。

「この感覚をたどれば――」

思い出せる気がする。

無理に思い出そうとはしてないおかげか、吐き気と頭痛はしなかった。

ただ、思い出せないことに腹が立ち、軽く舌打ちしてしまう。

「これなら……」

散歩ということも忘れ、オレは夢中になって歩く。

今にも切れそうな細い糸を手繰《たぐ》るように、頭の奥がうずく感覚を求めて足を動かした。

「駅……？」

最後に到着したのは駅だった。随分と家から歩いてきたな。

スマホで時刻を確認すると、十五時十五分。こんなに時間が経《た》っていたのか……。

もちろん陽乃から電話がかかってきていたし、『いつ帰ってくるのー？』『大丈夫⁉』と心配するメッセが届いていた。急いで『ごめん！　今から帰る』と返信する。

「……わざわざ電車に乗ってまで散歩に行くのは……バカらしいって」

カナの助言を小馬鹿にして笑う。オレは駅に背を向け、帰ることにした。

◇　◇　◇

バカらしい……はずだった。

翌日の日曜日、オレは電車に乗っていた。

朝からなにをしているんだろうオレは……。と自分に呆《あき》れながら窓から景色を眺める。

「あの感覚をもう一度……」

クレープ屋台、カフェ、ゲーセン、映画館……だけじゃない。

駅に続くまでの道にも懐《なつ》かしさを感じた。しかもその道は、オレが通う学校からの道だ。

電車で学校に通う生徒が使う道でもある。

「………」

ま、あの交通事故が起きた街には行かないようにしよう。

行くことを想像しただけでも気分が悪くなる。想像したくもない。

とりあえず隣駅に降りて、夕方になるまで歩き回った。

――なにも感じられなかった。初めて見る街並みが広がっているだけだった。

もっと歩く範囲を広げてみよう。またあの懐かしさを感じたい。

◇　◇　◇

学校が終わった後、陽乃と下校する。

それから家の周辺や学校周辺を歩き回った。毎日くり返した。
もはやルーティンと言ってもいい。休日は隣町まで赴き、歩き続けた。
全ては、ふっとこみ上げる懐かしさを求めてのこと。
「リクちゃんー、雨だよ？　今日も散歩に行くの？」
玄関で靴を履いていると、背後から不安そうな声で話しかけられた。
最近、陽乃はオレの家に泊まるようになった。
狂ったように散歩するオレを気にかけているんだと思う。
休日の朝からカッパを着て出ていこうとするオレを見て、陽乃は心配そうな顔をする。
「いってきます」
「いってらっしゃい……」
陽乃から離れるのは怖い。陽乃のそばにいたい。
だがそれ以上に、あの懐かしさを感じたい。
思い出せないもどかしさを解消したい。
どこかで置き忘れてしまった、大切なものを取り戻したい。
その大切なものの正体を知りたい……。
こうして、オレは雨の日も歩いた。

時間があれば歩き続ける日々。

「これ……意味あるのか？」

何度口にしたかわからない言葉だ。自分の行動に意味があるのか疑う。

心の中の自分が『意味ないよ。陽乃のもとに帰ろう』と何度も優しく囁《ささや》いてきた。

その言葉に同意しているのに、足は前に動いた。

「なにしてんだろうなぁオレ。陽乃から離れてまで」

冬はとっくの昔に過ぎている。気づけば三年生になっていた。

二年生の間に様々な学校行事があったはずだが、ろくに覚えていない。

陽乃と過ごす時間と、街を歩く。オレの思い出はその二つだけだった。

電車代が恐ろしいことになったので、いつからか電車の代わりに自転車を使うようになっていた。

目的とする街に着くと、無料の駐輪場に自転車を停めて歩き回るのだ。

この頃には、靴は何足かダメになっていた。

あっという間に春は過ぎ、夏になり……夏休みを迎える。

ほとんどの生徒は将来について考え終えた後で、自分なりの決断を下していた。

オレは将来のことを考える余裕がなかった。

取り憑《つ》かれたように街中を歩き回る……。
失ったなにかを取り戻したい――その衝動に突き動かされていた。
しかし、懐かしさを感じる場所に出会えない。
こんなに頑張っているのに、心がポッと温まるような感覚にならない。
目を閉じると暗闇の中に浮かび上がる誰かの顔……。
その誰かの顔の輪郭は以前よりもぼやけている。
「……っ」
不意に、涙が出ることもあった。
ようやく気づいた。オレは自力で忘れた記憶を思い出せない。
そこで、思い出せるきっかけを探して街中を歩き回っているのだ。
「ここまでしても思い出せない記憶なら、思い出さないほうが……」
この数日間、頭痛するし吐き気するし。てか、歩いている途中に何度か吐いたし。
嘔吐《おうと》用の袋を持つようになったし。
最初の頃は『なんとなく覚えがあるかも?』という感覚を求めて歩いていた。
最近は忘れたなにかを思い出すために歩いている。
そのせいで吐き気と頭痛に襲われるようになったのだろう。

「くそ……。なんなんだよ、くそ」

せめてカナの助言に従い、夏休みの終わりまで歩こうと決めた。

帽子を被《かぶ》り、水筒とタオルを鞄《かばん》に放り込んで歩く。

そうして、夏休み最終日になった。

長かった……。自分にした約束は今日果たされる。地獄の散歩から解放される。

今日も見知らぬ街を朝から歩き回り、昼になっても色んな店を見ながら歩いた。

ちょっと趣を変えようと、山の方へ行くことにした。

途中にコンビニがあったので寄ってみると、筋肉ムキムキの女性みたいな化粧をした男性がレジに立っていた。「うっふん～かわいい男の子が来たわね～」と体をくねらせて言っていたので少し怖かったが、良い人そうな雰囲気だけは感じた。

「もう夕方かー」

汗に濡《ぬ》れた首回りをタオルで拭き、オレンジ色に染まり始めた空を見上げる。

そろそろ帰ろうか。灯《あか》りに引き寄せられる蛾《が》のように、ふらふらと適当に歩きながら駅を目指す。そのときだった。

「アパート……」

道を歩いていると、ボロアパートが視界に入ってきた。木造二階建てのアパートだ。

見た瞬間、懐かしさ──嬉《うれ》しさ──安心感──がこみ上げてきた。

「…………」

ああ──これだ、この感覚だ。

オレはこの感覚を探し求めて、今日まで歩き続けた。

足裏にマメができても、そのマメが潰れても歩き続けたのだ。

数年ぶりに我が家へ帰ってきた気持ちを抱き、オレはアパートに足を向けた。

◇◇◇

アパートの敷地《しきち》を横断し、一階の集合郵便受箱を見にいく。

あまり人は住んでいないらしく、『門戸《もんど》』の表札が入った郵便受け以外は空いていた。

「…………」

二階に続くボロ階段に目をやる。数段上がると、覚えのある感じがした。

そのまま二階まで上がり、流れるように足は進む。何度もその動きをくり返してきたかのように、オレは廊下の端までためらいなく進んだ。

目の前の部屋。表札はない。誰も住んでいない部屋だ。

手が、勝手に動く。ドアノブを握りしめる。

回して引っ張ると――キィと軋《きし》んだ音を立てて開いた。え……と声が漏れる。

大家さんの鍵のかけ忘れか。ひょっとしたら門戸という人が大家かもしれない。自分しか住んでいないから管理が杜撰《ずさん》になっているとか……？

と、考えつつオレはごく自然にドアを開けた。

「………ぁぁ」

すっからかんだ。なにもない。寂しい風が通り抜け、空虚な気持ちになった。

なにも置かれていない玄関から続く廊下、その先に見える部屋……本当になにもない。

「入るのは……まずいだろ、オレ」

自分に指摘するも、そうするのが正しいかのように足を前に出す。

玄関に踏み込み――ドッと頭が重くなった。急激な吐き気と疲労に見舞われる。

咄嗟《とっさ》に壁に手をついて踏ん張った。

「逆に……気になるかも」

オレになんの縁もなさそうなアパートの一室に、これだけの拒絶反応が出るのは異常だ。

ずっと抱いていた違和感の正体を確かめたい。

息を整えてからオレは玄関で靴を脱いだ。

廊下を通りすぎ、台所スペースを横目に部屋へ進む。八畳くらいの広さか。なにもないから広く感じる。部屋の真ん中まで来て、両膝を床につけて座った。辺りを見回す。なにも残らず、全てを失った気分に襲われた。

「…………あっ」

つーっと頬に涙が垂れた。指で拭い、ついに違和感の正体をつかんだ。

「ここだ……ここにある…………ここにあったんだ」

ここに、あった。もう……全部なくなっているけれど。

どうしようもなく涙がこぼれる。頬が熱い。

まだなにも思い出せない。そのことが苦しい。まともに息もできなくなる。

激しい頭痛に襲われる中、声をつまらせながら泣いてしまう。

「ぐっ…………ぁぁ……っ…………ぁあっ！」

どうしても、どうしても思い出せない。大切なものが、絶対に存在した。

その大切なものを思い出そうとすればするほど、頭が割れそうになる。

内側からハンマーで何度も殴られているような痛みだ。

「お、思い出せよ……オレ、思い出せよ……！　大切な……人？　星宮彩奈？」

その名前を口にした瞬間、車にはねられる両親と妹の姿が映像として思い出される。き

っと思い出しちゃいけないのだろう。本能的な拒絶なのが自分でもわかる。

しかし、別の自分が叫んでいる。

「星宮、彩奈……………茶髪のギャルっぽい女の子……」

守りたいと心の底から思った存在。一緒に生きたいと願った存在。

自分の全てを懸《か》けても、幸せにしたいと───。

「……んっ……ぁぁ……ああっ‼」

限界だった。みっともなく声を上げて泣き叫ぶ。

オレはなによりも大切な存在を、放した。失った。忘れてしまった。

まだ記憶は戻らない。それでも、もう二度とあのぬくもりを感じることはできないと心の芯まで理解させられた。

「オレが……忘れて………………オレのせいで……っ！」

なぜ忘れたのかも思い出せない。きっとオレの不甲斐《ふがい》なさが原因なんだろう。

「……………星宮、彩奈…………………っ」

「リクくん……」

「誰───」

振り返り、背後に立っていた女性に気づく。

綺麗《きれい》な人だが目の下にできたクマに印象を持っていかれる。

誰かはわからないが見覚えはある気がした。

「ごめんよ……リクくん」

「え……」

いきなりだった。優しく抱きしめられた。動けない。

「私たち大人のせいだ。君たち子供を守るのが役目なのに……どう接すればいいかわからず、君たちを腫れ物のように扱い、距離を置いてしまった」

「なにを……」

女性の声からは強烈な自責の念を感じた。ともすれば懺悔《ざんげ》にも聞こえる。

「私は……大人として見守ることを免罪符に……なにもしなかった。リクくんの強さに頼って、乗っかって……ただ隣の部屋にいるだけだった。ごめんよ……本当にごめんよ……もっと、もっと私にできることがあったはずなのに……」

「…………」

彼女もまた泣いていた。彼女の声を聞くたびに脳がちりつく。

「一番……一番つらいのはリクくんなのに……！　君に、こんな苦しい思いをさせてしまった。私は……大人失格だ……大人失格……ごめんよリクくん」

「…………エロ本を十八歳未満に渡す時点で、大人としてあれですよ」

「リク、くん？　え、記憶……」

「……ほんのちょっとだけ……門戸さんがどういう人かくらいは思い出せました」

エロ本を渡してくるアパートの大家さんで、もんもんと呼んでほしがる変態エロ漫画家さんだ。

「門戸さんは……大人失格じゃないですよ」

「失格だよ。私は見てるだけだった。申し訳程度に、君の手伝いをするだけだった。本来なら、大人の私が考えて決断を下して……君たちに道を示すべきだった」

「それは……責任を背負いすぎですよ。いつでも頼れる大人がそばにいる……それだけで心強かったんです。まだちゃんと思い出せてないけど、門戸さんの存在に安心感があったのは思い出せます」

「リクくん……君という子は、本当に……！」

ぎゅーっと一層強く抱きしめられた。門戸さん苦しいってば。

「いやさー、そういうの……アタシたちがすることでしょ。なんで千春《ちはる》さんが美味《おい》しいとこ全部持っていってんの？」

「あれだよね、私とカナちゃんが外野の人になっちゃったよね」

聞き慣れた声がして視線を上げる。部屋の入り口に二人の女の子が立っていた。

呆《あき》れた風のカナと苦笑い気味の陽乃だ。

門戸さんも彼女たちに気づき、遠慮したようにオレから離れる。

「二人とも……どうして、ここに」

「つーかリク、アンタおかしくない？　バカ正直に毎日毎日歩いてさー。アタシが言ったのは気晴らしをしろってことなんだけど。陽乃から離れて一人で歩いてたら思い出せるかも、ってくらいにしか思ってなかったのに……」

「リクちゃん、ついに彩奈ちゃんの家にまで来ちゃったもんね。今日までリクちゃんの跡をつけるの大変だったよ。カナちゃんと一日毎《ごと》に交代して……あ、今日は最終日だから二人で跡をつけることにしたの」

最終日？　それよりも二人の疲れた感じの言い方からして――。

「毎日、オレの跡を……？」

「しゃあないでしょうが。リクがいつ思い出すかわかんないし……。結局、ちゃんと思い出せてないみたいだしー」

「あのさ、ちゃんと説明してほしい」

「私と彩奈ちゃんで賭けをしたの」

「リクちゃんが……命日までに彩奈ちゃんを思い出せるかの賭け」

「賭け？」

「なんだよ、それ」

命日——オレの家族が亡《な》くなった日。確か夏休みの終わり頃……今日だ。

「もし思い出せなかったら、私がリクちゃんを一生守る。もし思い出したら、私がリクちゃんの背中を押す……そういう賭けだよ」

陽乃は説明しながら歩み寄ってくる。オレは泣いていたこともあって思考の整理が追いつかない。しかし一つの想《おも》いがこの部屋に来てからどんどん膨れ上がっている。

陽乃とカナを見て、胸の内を支配していた絶望が希望に変わっていくのも感じていた。

「この際、賭けをした理由はどうでもいい……。会わせて、ほしい」

「誰にかな、リクちゃん」

「星宮彩奈……。あの、茶髪のギャルに会いたい……なんでもいいから、会いたい」

「だってさ、カナちゃん」

「んー、でも思い出した内に入るか？」

「よく言うねカナちゃん。あれだけルール違反をくり返しておいて」

「それ言われるとなー。つーかアタシ、リクによると不良らしいし？　ルール違反くらいしてもおかしくないでしょ」

「わっ、開き直った。なら今回もルール違反しちゃおうよ。彩奈ちゃんにバレなければ問題なしっ」

イタズラっぽく笑う陽乃に、カナは腕を組んで考える素振りを見せるが「……リクの涙に免じて今回だけなっ」と陽乃に負けないくらい明るく笑った。

「どこに行けば……会えるんだ」

「今なら……事故が起きた場所に行けば会える」

「事故が起きた場所………」

「そこにいるよ、彩奈は。朝からずっといるみたい。夕方頃には帰るらしいけど」

と、カナはスマホを見ながら言った。すでに予定を聞いていたらしい。

「事故現場……ぅ」

思い出し、行くことを想像しただけでも吐き気が強くなった。昔よりもきつく感じる。

「リク、別に今すぐじゃなくても……わざわざ事故現場に行く必要は──」

「今すぐ、会いたいんだ」

「リクちゃん。行くと、また倒れちゃうかもよ?」

「倒れ──オレは、事故現場に行こうとして倒れて……あの子を忘れちゃったのか？」

答えるべきか迷ったのだろう。陽乃は逡巡《しゅんじゅん》した様子を見せた……が、重く頷《うなず》いた。

「なんか……賭けの理由、わかってきたかも……」

「行くんだね、リクちゃん」

「行く……絶対に行く。多分、オレは……こうなる覚悟も決めていた気がするんだ」

「そっか。じゃあ行って、リクちゃん。そして今度こそ……彩奈ちゃんと帰ってきて」

笑みの余韻さえ顔から消し、陽乃は真剣な瞳で訴えてきた。

こんな状況も初めてではなかったのだろう。きっと同じことがあったのだ。

「時間を考えると、今すぐ駅に向かったほうがいい」

カナの言葉を聞き、オレは立ち上がろうとして——ふらつく。

顔から倒れそうになったが門戸さんに横から支えられた。

「ありゃりゃ、結構きつそうだね……。一人で歩けるかい？」

「大丈夫です。ちょっとふらついただけ……歩き疲れもありそうです」

オレが息も絶え絶えに言うと、門戸さんはズボンのポケットからカギの束を取り出し、その内の一本を外した。形からして自転車のカギだ。

「駅まで私の自転車を使って。ほんとこれくらいのことしかできないけど」

タクシーよりもこっちのほうが早そうだし、と言う門戸さんから自転車のカギを受け取ると、ひょいっと横から伸びてきた手に自転車のカギを奪われた。……カナだ。なぜかカナにカギを奪われた。

「アタシが漕《こ》ぐ。リクは後ろに乗りな」

「けど……」

「ちょっとでも体力温存しときな。これが協力者としてできる最後の助けだろうから」

協力者……その言葉はカナにとって本当に大切な意味があるのだろう。

そうなるだけの関係をオレはカナと築いていた。

「自転車の二人乗りか。大人として止めるべきなんだろうけど……なにかあったら責任は全部私が背負う！　いってきて！　なによりも、君と彩奈ちゃんの幸せのために‼」

「……千春ちゃん、急に存在感を出してきたねぇ……」

ほんのちょびっと呆れ気味の幼馴染《おさななじみ》だった。

◇◇◇

リクちゃんがみるみる離れていく――――。

カナちゃんは優れた身体能力を発揮し、原付に追いつきそうな勢いで自転車を漕いでいく。二人乗りしていることもあって、警察の人に見つかったらヤバいだろうなぁ。

「陽乃ちゃん、君もいい子だね」

「普通ですよ、普通」

好きな人が笑ってくれるなら、幸せになれるなら、なんでもしてあげたい。

そう思うのはごく普通のこと。私は、リクちゃんにとって一番の幸せを追求しただけ。

「ああ、もうあんなところに……っ」

アパートの二階にいる私は、遠ざかっていくリクちゃんの背中を見続けた。

目に熱がこもる。視界がボンヤリと滲《にじ》む。構わず、私は最後までリクちゃんを見送る。

「今度こそ、本当の本当に……飛び立ったんだね、リクちゃん」

もう幼馴染は私の場所に戻ってこない。自分の居場所を作りに、飛び立った——。

◇◇◇

とんでもない速度で景色が流れていく。

さすがのオレも怖くなりカナの腰にしがみついた。この不良少女、見た目通りに恐ろしい身体能力をしている。日頃から鍛えているのだろうか。

ジェットコースター並みの恐怖を数分間体験し、駅に到着した。

「はぁ……はぁ……っ……ついたぞ、リク！」

「後ろに人を乗せてこの速さ……競輪選手になれるんじゃないか？」

「なに言ってんの？　アタシがやってるのはボクシングだから」

なら走り込みの成果か……。どちらにせよすごい。

オレは自転車から下りて駅に向かおうとし、ふと足を止めてカナに振り返った。

「あん？」

自転車に跨《また》るカナは、乱れた長髪を整え、額に浮かぶ汗をハンカチで拭いていた。

「一個気になってることがあってさ」

「なに？　早く行かないと電車が……」

「カナの名字、なに？」

「あー……」

「どうしてもカナの名字が思い出せないんだ。ていうか思い出せる気がしない」

まるで元から知らないような感覚だ。しかしオレとカナは親しい仲のはず。

名字を知らないなんてこと、あるわけがない。

「リクには教えなーい。べーっ」

完全に生意気な子供だ。カナは舌を出して挑発してきた。

「忘れたのは謝るよ、でも――」

「一生気にしてろよ」

「……え？」

「一生、アタシの名字を気にしてろよ。それくらい……許せ、バカリク」

恋する乙女のように頰を赤く染め、照れた雰囲気を隠さずカナは言った。……ん？

「カナ――」

「早く行けリク！　アタシは最後まで協力者だから！」

「………」

「アタシの親友を迎えにいけ！」

自分の感情を誤魔化す応援――。もしかしたらカナはオレのことが――その先を考えるべきじゃない。カナ自身も望んでいない。

オレは駅に振り返り、走り出した。

◇◇◇

電車に揺られながら、これからのことを考えてみた。
未《いま》だにオレは茶髪のギャルっぽい子——星宮彩奈を明確に思い出せない。
ボンヤリとした輪郭は描けるし雰囲気も思い出せる。だが顔がはっきりと出てこない。
病室で目覚めたときに見たはずなのだが、そのときの記憶すら薄れている。
「実際に会えば……なんとかなるか」
対面すれば記憶が蘇《よみがえ》る、その確信だけはあった。
目的の駅に着き、オレは電車から飛び出す。
街に出て見覚えのある道を歩き出した。
家族と歩いた記憶——カナと歩いた記憶——。
そうだ、オレはカナとこの道を歩いた。
直後、腹の底から熱いものが急速に駆け上がってくる。
喉元まで来たのでグッと呑《の》み込んで強引に堰《せ》き止めた。
こめかみがズキズキと痛みだし、他のことが考えられなくなる。
「つっ」
一歩ずつ確実に進む。
————もう、リクくん！

あの子の怒ってる顔が、ふっと頭の中に浮かんだ。

次々と、悲しそうにする顔や優しい顔、笑ってる顔……虚無になった顔が頭の中に浮かんでは弾《はじ》けていった。

そうだ……オレは彩奈の色んな顔が見たくて、わざと変なことをしたり言ったりした。

恥ずかしがってる顔もかわいくて愛おしくて……あぁ、でも、記憶の改ざんに守られている顔だと知って——本当の意味で笑ってる顔を見たいと、本心から思った。

自分を責めることなく、あるがままの感情を顔に出し、自然に生きることができる人生を彼女に送らせると決意した。

オレにしか、できないことだから……。

「…………」

辺りが本格的に暗くなり始めた。

事故が起きた交差点に近づくにつれ、不思議と道を行く人が減っていく。

地面に伸びる自分の影を踏むようにして歩き続け、顔を上げた。

「……ぁ」

前方から一人の少女が歩いてくる。

長い黒髪を揺らす、メガネをかけた地味な少女。

年は同じくらいだろうか。そこまで瞬時に考え、オレは道を譲るべく脇にズレて歩く。

一秒でも早く、彩奈に会うために――――。

◇◇◇

リクくんとすれ違う。まだ心臓はドキドキと鳴っていた。

私だと、気づかなかった。

リクくんは私を思い出したの？　と、あらゆる感情が湧き上がったのは一瞬だった。

私と目が合ったリクくんは障害物を避けるような動きで横にズレて、前だけを見て歩いていった。背中越しにリクくんが遠ざかっていく気配を感じる。

……リクくんは完全に私を思い出していない。

薄《うっす》らとした記憶と感覚を頼りに、ここまで来た。

もし完全に思い出していたのなら、私に気づいてたと思う。

「…………」

勝手に足が止まった。

陽乃さんとの賭けは今日まで――――ううん、もうそんなことはどうでもいい。

数ヶ月ぶりに見たリクくんはちょっと身長が伸びていて、顔立ちもシュッとした感じになっていた。目は泣いた後みたいに真っ赤で……。

毎日思い出していたリクくんが、目の前に現れた。胸が詰まる。

「ぁ…………ぅ」

今すぐ振り返って声をかけにいきたい。

リクくんと距離を置くつもりでいた。

必死に想《おも》いに蓋をしていた。その蓋は、リクくんを見ただけで吹き飛んだ。

噴き出した想いが私の足を止め、声を上げさせようとする。

「…………だ……め」

その行為は、幸せを求める行為。私は、幸せを求めてはいけない人間。

リクくんの気持ちに応えるならまだしも今のリクくんは私を完全に思い出していない。

きっと……今日という日が過ぎれば、陽乃さんがリクくんを………。

「私は幸せを求めちゃいけない」

何度もくり返し口にした言葉で心を凍らせる。

一度だけでもいいから振り返ってリクくんを見たい……その気持ちさえ封じ込め、私は足を前に出した――――はずだった。

「見つけた」

「え」

後ろから抱きしめられた。この優しくも力強い抱きしめ方には覚えがあって――。

「彩奈……やっと会えた」

◇◇◇

ぎりぎりだった。黒髪になった彩奈とすれ違った後すぐ、事故が起きた交差点を目にしてすべてを思い出せた。膝が折れそうになるショックも受けたが、今回だけは決して倒れてはいけない。即座に振り返って彩奈を追いかけ、こうして抱きしめることができた。

彩奈は身じろぎもせず体を小さくさせている。

「……………リクくん」

言いたいことがたくさんある。

もっと彩奈を抱きしめたいが、今の気持ちを伝えたくて離した。

「彩奈」

「……………」

気まずいのか後ろめたさなのか……彩奈はゆっくりとこちらに体を向けた。

そして顔を下に向け、チラッとオレの様子を窺《うかが》うように視線だけを上げてくる。

今の、オレの気持ちは――――。

「めっちゃ怒ってる」

「…………え」

「オレ、めっちゃ怒ってる。あの日……なんで、なにも言わず……一人で事故現場に行ったの？」

「……えと……一人で、考えたくて……。か、書き置きする余裕もなくて……その……」

彩奈の態度は親に叱られている子供のようだった。ボソボソと声が小さくなっていく。

そんな彩奈を見てもオレはふつふつとこみ上げる怒りを抑えることはできなかった。

「お、おかしくない？　別にさぁ、見返りを求めてたわけじゃないけど……オレが記憶の改ざんをしたのなら、今度は彩奈が寄り添ってくれるもんじゃないの？」

「それは…………」

「オレたちの関係って、そんなものだった？　彩奈にとって、オレは軽い存在だった？」

「ち、違うよ！　軽くない！　全然軽くない！」

「しかも陽乃とさぁ……よくわからん賭けとかしちゃって……オレの意思は無視ー？」

「だ、だって……リクくんは陽乃さんと仲良くしてて……二人で世界は完成されてて……私の入る隙間なんて……」

「一週間……いや、四日くらいそばにいてくれたら……オレ、思い出したと思うよ？　どんな関係だったか教えてくれていたら……オレたちの思い出を語ってくれたら、すぐに思い出したと思うよ？　彩奈のときだって、そうだったじゃん。添田さんの家に泊まってたとき、オレが来てから彩奈、記憶戻り始めたじゃん」

「…………」

「彩奈？」

黙ってしまったので呼びかけるも、彩奈は顔を伏せて反応しない。

思えば――こうしてオレが怒るのは初めてのことだった。

彩奈に怒りをぶつけたことは、たったの一度もなかった。

僅かに冷静さを取り戻す。周囲に気を配る余裕は生まれた。

この時間帯にしては本当に珍しく、オレたちの周りには誰もいない。

車道にも車は走っていなかった。

「リ、リクくんが……」

「オレが？」

彩奈は地面とにらめっこしたまま小さな声で喋《しゃべ》り始める。

「リクくんが私を忘れたなら、それで……いいかなって」

「ひどいな」

「私は……私のせいで、お母さんとお父さん……リクくんのご両親、妹さんが亡《な》くなって……私は、リクくんと一緒になる資格はないの」

「そのことについては――」

「うん。リクくんはいっぱい好きって言ってくれた。だから私、リクくんの気持ちに精一杯応えようって。でも、リクくんが私を忘れて……陽乃さんと幸せになれるなら……」

「………」

もやもやとした気持ちに任せて、なにかを言ってやりたい気分だ。

ただ、彩奈の境遇を考えると言えるわけもない。

彩奈は自分に幸せを許さないし、オレに対して計り知れない罪悪感を抱いている。

きっかけがあれば、オレと距離を置こうとするのも予想できる。

……だと、しても。

「彩奈は――」

「将来のこと」

「将来のことも、たくさん考えた。私たちの関係は……周りから見ると、どんな風に見えるのかも考えた」

「……学校では、腫れ物っぽく扱われたな」

「みんな、優しかった。そっとしてくれた。中学のときは……大変だったから」

「……うん」

「いつだって、中学のときみたいになる可能性はあるの」

「それは――」

ないとは言い切れない。バレる可能性は低いだろうけど……。

「私たちの関係が原因で、子供がいじめられたらどうしようって……」

「子供……オレと彩奈の？」

うつむいたまま、彩奈は無言で頷《うなず》いた。

「それにね、子供から私たちの出会いのきっかけを聞かれたとき……どう答えたらいいんだろうって……」

「そこまで将来のことを考えていたんだ」

「……将来？」

「考える……考えるよ。私のせいで……また、大切な人が不幸になるかもしれないんだよ？　考えるよ……」

言葉を絞り出すたびに、彩奈の目からぽつぽつと数滴の光が落ちていく。

「じゃあどうして、そのことをオレに相談してくれなかったんだよ」

「負担、かけるから」

「負担って、そんな――」

「大丈夫、彩奈はオレが守る……そう言わせるだけだもん。リクくんは、無理して頑張っちゃう……。私のために、ずっと」

たしかにオレなら、そう言っただろう。オレにとって彩奈は守りたい存在だ。なんとかしようと頑張り……どこかでパンクしたかもしれない。

事故現場に向かう途中、倒れたときのように。

「もうね、リクくんには私のために傷つきながら頑張ってほしくない……。これからもリクくんは……亡くなった家族のことで……苦しむ。私がそばにいると、もっと苦しむことになる………もう、やだぁ」

彩奈は両手で顔を覆い、ぐすぐすと声を上げて泣き出した。

この状況の原因は、やはりオレが倒れて記憶の改ざんをしてしまったことにある。

家族の死は……つらすぎる。つらい、なんて表現は優しすぎるほど。

もうこの世に生きてる理由なんてないと本気で思う。

もし陽乃がいてくれなかったら、オレはどんな決断をしていたのだろう。

今、この場に立っているだけでも苦しい。

頭は痛くて吐き気もする。気を緩めた瞬間ぶっ倒れそうだ。

時間が経《た》つにつれて家族の顔は薄れていったが、失った悲しみだけは薄れなかった。

その悲しみから少しでも逃れるべく、オレは家族写真を片付け、事故現場には近づかないようにし、お墓参りのことすら忘れてしまっていたのだ。

「リクくん、ごめんなさい……ごめんなさい。私たち、出会ったこと自体……間違いだった……」

「…………………」

泣いて、泣いて、ずっと泣いている。

オレがここに来たせいで彩奈は涙を流すことになった。

ならオレたちは距離を置くべきなのか？

――――いや、そうは思えない。

「オレ、一人じゃ生きてこれなかった。陽乃がいなかったら、死ぬか……家で腐ってた」

「…………………うん」

「今、ここにいるのだってそうなんだ。オレ一人じゃ無理だった。陽乃とカナが支えてくれて……門戸さんだって心から寄り添ってくれて……他にも、オレが知らないだけで多くの人に支えてもらっていたんだと思う」

「…………」

「そんなオレが……一方的に誰かを守るなんて無理だったんだ。少なくとも、今のオレには無理だ。だから彩奈……オレを支えてほしい」

「……え？」

予想外の言葉だったに違いない。素っ頓狂な声を発し、彩奈は顔を上げた。

今も涙があふれる大きな目で、説明を求めるように見つめてくる。

「オレも……オレも彩奈を支える。支え合うんだ」

「……支え合う……」

「一緒に考えよう、幸せになる方法を。支え合って一緒に頑張ろう、幸せになるために」

「でも……私のせいでリクくんの人生は……」

「ああそうだ……その通りだ！　あの事故で、オレたちは家族を亡《うしな》った！　涙が出なくなるまで泣いた日もあった！　家族が亡くなったその日から……時間が止まった！

ただただ息をするだけの日々を送った！　……いっそ忘れるか、なにかに縋《すが》ることでしか、生きられなかった！」

オレは陽乃に縋り——彩奈は忘れることを選んだ。

「事故の原因とか、そうじゃない。オレと彩奈は同じ苦しみを味わい、同じ孤独を感じ、心に同じ傷を負った。このつらさは決して忘れられない……一生、向き合っていくつらい思い出だ」

じわりと熱いものが目に溜《た》まる。こぼれる。

気にせず、オレは彩奈の両肩を強くつかんだ。

「そんなオレたちだから……いや、そんなオレたちだからこそ、支え合って生きいけるんだ！」

「リクくん………」

「オレの本当の幸せは……陽乃に縋ることでは得られない。陽乃にも失礼だ。だってそれは対等な関係じゃないから……」

「………」

「彩奈と……彩奈とじゃなきゃ、幸せをつかもうとする努力もできない。それは彩奈も同じはず。だってオレたちは……お互いのことが心の底から好きなんだから」

仮に、他に好きな人がいればオレたちは別々の道を歩んでもよかった。

でもそうならない。

もうオレたちは互いのことが好きで、相手の幸せばかりを考えている。

「彩奈……オレと、生きてほしい」

「あぁ……でも私は、幸せになっていい人間じゃ――――」

「そのことも一緒に話し合おう、一緒に向き合おう。お互いに抱えている苦しみや悩みを共有して、一緒に乗り越えていこう」

「うぅ……っ」

「どうやったら、彩奈は自分に幸せを許せるのか……それも一緒に考えようよ」

ずっとオレは間違えていた。誰かと生きていくということを勘違いしていた。

彩奈はあふれる涙を指で拭い続け、声を震わせて尋ねてくる。

「……いいの、リクくん？」

「いいよ、いいに決まってる」

「……せ、洗濯……」

「洗濯？」

「洗濯の分け洗い、してほしいの。タオルの糸くずとか、色移りが……」

「もちろんだ」

「あ、あとね……ゴミの分別も、気をつけてほしい」

「ああ！」

「あ、あとあと……孫の名前よりも、私たちの子供の名前を先に考えたい……」

「そうだな！　そもそも、孫の名前はオレが決めることじゃないかもな！」

「リクくん……あとね」

「うん……」

「大好き」

「――――」

彩奈は泣きながら満面に笑みを浮かべ――オレの胸に飛び込んできた。

それは幸せを求めることを自分に許したなによりの証明で、数年間止まっていたオレと彩奈の時間が動き出した瞬間でもあった。

「彩奈……好きだ……オレも大好きだ」

「うん……うん！」

想《おも》いを確認し合い、オレたちは抱きしめ合う。

もう二度と、このぬくもりを失うことはないと確信して――。

◇◇◇

「ありがとうございます。またお越しくださいませー」

店から出ていくお客さんの背中を見送りつつ、オレは言い慣れたセリフを口にした。

レジの位置から店内を見回し、他にお客さんがいないことを確認した。

オレは後ろの壁を見上げ、設置された時計に目をやる。午後九時三十分だ。

あと三十分で退勤か……。

「お仕事、慣れてきたねリクくん」

レジ回りで作業をしていた彩奈が、ちょっと優しい感じの先輩っぽく話しかけてきた。

コンビニの制服を着ている彩奈は黒髪でメガネをかけている。正直、地味子だ。髪の毛が茶色から黒色になるだけでも大きく印象は変わる。

まあ……かわいいのは変わらないけど。

「彩奈の教え方が上手だからだよ」

「そう？　ありがと」

「彩奈とこうして働ける日が来るなんてなー」

だねーと彩奈も頷く。

二週間前、オレと彩奈はオーナーのお店でバイトをさせてもらえることになった。

といってもオレはそこまでガッツリ入っていない。高三だし。真剣に仕事はしているが、あくまでも夜に働く彩奈の護衛的な役割だ。これはオーナーからの提案でもあった。

そして高校を中退している彩奈は、ここで働きながら将来のことを考えている。

「リクくん」

「なに——えっ」

じーっと、彩奈がジト目で睨《にら》んでくる。なにか怒らせるようなことしたかな。

「お釣りを渡すとき……」

「お釣り？」

「さっきのお客さん、綺麗《きれい》な女性だったよね」

「あーそうだったかな？」

「手をぎゅっと握って、お釣りを渡してた」

「え、いや！　違うって！　あっちが握ってきて……！」

「ならトレーに置けばよかったのに……」

「置く暇もなかったって！」

「んぅ……」

納得できなかったらしく、彩奈は唇を尖《とが》らせてレジ点検を始めた。ええ……。

そこはかとなく理不尽を感じた。

でもまあ、彩奈がこんなわかりやすく嫉妬してくれるのは嬉《うれ》しい。

そういう関係に進展できたのだ。

「彩奈」

「……なに？」

「ごめん、やっぱりなにもない」

「もう、なにそれー」

ぷーっとリスみたいに頬を膨らませる彩奈だった。

◇　◇　◇

「リクくん‼　リクくん来て‼」

休日の朝、洗面所で出かける準備をしていたときだった。

部屋の方からかわいらしい怒声が飛んできた。……今の怒声、隣の門戸さんにも聞こえただろうな。このボロアパート、壁薄いし……なんてことを考えながらオレは洗面所から部屋に戻ることにする。

「リクくん！」

オレが来るのを待ち構えていたらしく、プンプンに怒った彩奈は二冊の本を手に持って見せつけてきた。あ、その本は――――。

「ま、まま、またエロ本隠してた！　それも……ベッドの下に‼」

「違うんだ彩奈、落ち着いてくれ」

「お、落ち着けるわけない！　ほんっとリクくんはギャルが好きだねっ！　二冊とも……前の私にそっくりの子が出てるしっ」

前の私――茶髪でギャルっぽい雰囲気を作っていたときの彩奈のことだ。

今の彩奈は黒髪でメガネをかけている。かわいいけど地味な印象は拭えない。

「私、前の感じに戻したほうがいい？」

「バカを言うな！」

「え……本気で怒ってる？」

「怒るに決まってるだろ！　ギャルだった子が地味子に戻る、それもグッとくるんだ！」

「知らないってば……変なこと力説されても困るよ――――じゃなくて！　エロ本！　ど

うしてエロ本を隠してたの⁉」

「そりゃ彩奈に見つかるわけにはいかないからだ！」

「怒られることはわかってたんだね！　バカ！」

「ありがとう！」

「なんで罵倒されて喜ぶの…………」

本気で引いている彩奈だった。彩奈のバカの言い方は微笑《ほほえ》ましいんだよなぁ。

「おかしいよリクくん……。エロ本、いらないでしょ。私がいるのに…………」

「勘違いしているぞ彩奈。そのエロ本はリアリティ重視で、とっても勉強になるんだ」

「ならないよっ。エロ本だよ？　エロ本が勉強になるわけないっ」

「いや……割とまじでなってるっぽい…………彩奈の反応的に」

「私の反応……？　なっ――――」

みるみる顔を赤くさせる彩奈。毎晩のことを思い出してしまったのか。

門戸さんから頂いたエロ本はオレにとって教科書になっている。エンタメ性よりもリアリティを重視しているせいで売り上げは芳《かんば》しくないそうだが……。

「ひ、必要ありません！　このエロ本は捨てます！」

「待ってくれ！　その本は門戸さんからもらったやつで――――」

「なら千春さんに返してきて！　今すぐに！」

「…………はい」

彩奈から歯をむき出しにするほどの剣幕で詰め寄られ、オレは悲しみに暮れながら頷《うなず》くしかなかった。ごめんよ、エロ本たち。君たちを守ることはできなかった。

オレはエロ本二冊を片手に、家から出て隣室に向かう。

インターホンを押すと、「はーい」と門戸さんの声が聞こえたので「リクです」と答える。割とすぐにドアは開かれ、門戸さんが顔を覗《のぞ》かせた。

「やあリクくん。聞こえたよ。例のあれがバレてしまったんだね？」

「ごめんなさい……お返しします」

「ま、仕方ないさ。エロ本にも様々な種類はあるけれど、普通の人からすれば全部同じエロ本にしか見えないものなんだよ」

ふふ、と門戸さんは哀愁に満ちた笑いを漏らした。

「あ、そうそう。君の幼馴染《おさななじみ》、来てるよ」

「陽乃が？」

「よく遊びに来てくれるんだよね～。嬉しいことだよ。話していくかい？」

オレは頷き、門戸さんに導かれて家に上がる。

部屋に行くと、寝そべりながら漫画を読む陽乃の姿があった。随分寛《くつろ》いでいるな……。

「あ、リクちゃんだ」

「陽乃、なにしてるの？」

「千春ちゃんの家には色んな漫画があるの。勉強の息抜きで読ませてもらってるんだー」

「エロ漫画ばっかり読んでたらダメだぞ」

隣に立っている門戸さんが「君が言うかねリクくん……」と呆《あき》れかえった。

「私、エロ漫画読んでないよ。普通の漫画だよ、これ」

陽乃が読んでいた漫画を見せてもらうが、確かに普通の漫画だった。

少年同士が戦い合う熱血バトル系だ。

「千春ちゃん、すごいんだよ。色んなジャンルの漫画を持ってるの」

「エロばかり考えてるわけじゃないんだな、門戸さん……」

「おやおや、この門戸千春を勘違いしてもらっちゃー困るよ。一人の漫画家として、あらゆるジャンルに興味を持ち、自分の創作に活《い》かすために吸収していくんだ」

「……すみませんでした。本当に、すごいですね。プロって感じがしました」

「ふふん、想像してごらん。プライドと意地をかけて拳をぶつけ合う少年たちがお互いを認め合って絆《きずな》を育み、なんやかんやと一晩を共にしてあーんする――――」

「結局エロじゃねえか。つうかBLじゃねえか。早口でなに言ってんだ」

門戸千春は、やっぱり門戸千春だった。

「…………」

ふと陽乃と目が合う。なぜか陽乃は微笑を浮かべ、温かい眼差《まなざ》しをオレに送っていた。

「陽乃？」

「なんでもないよー。あ、そうだ……この漫画ね、すっごく良いことが書いてあるの」

「へー？」

「幼馴染という関係は、なにがあっても変わらないって」

「……それはまあ、そうじゃない？」

「うん！　だからね、私とリクちゃんも……ずっと幼馴染だよ。私たちが別々の人生を歩み出してもね」

別に深いって感じの言葉でもないと思う。陽乃も普通の調子で言っていた。

けれど、なんだかじんわりと心に染《し》み込んできた。

それから話も程々に切り上げ、オレは門戸さんの家から出ていく。

ドアを閉めて振り返り――――。

「お、リクじゃん」

階段から上がってきたカナと顔を合わせることになった。

「カナも門戸さんの家に？」

「ま、そんなところ。陽乃に誘われてさ……。それにあのエロ漫画家さん、実はめっちゃ頭が良くて、勉強をすげーわかりやすく教えてくれるんだよね」

「まじか」

ほんとなんなんだあの人は……。

「…………あー、えー……リク……それじゃ」

「あ、ああ……うん……じゃ」

とくに話題が見つからず、オレは彩奈の家に、カナは門戸さんの家に向かう。

お互いにドアノブを握ったところで、オレは「あっ」と声を発した。

「そうだ、オレ……名字を知ったぞ、カナの」

「…………げ」

「いやーまさか、あんな名字だったとは……。なんか、運命を感じるよな」

「き、きもいこと言うなバカリク！　バーカ！　バーカ！」

顔を真っ赤にしたカナは好きなだけオレを罵ると、勢いよくドアを開けて門戸さんの家に逃げてしまった。幼稚園児レベルの罵倒だったな。カナらしいといえば、そうだけども。

オレも彩奈の家に入ることにする。

ドアを開けて玄関に入ると、すぐそこに彩奈が立っていた。

「もう、やっと帰ってきた」

「ごめん。ちょっとな……」

「じゃあそろそろ行こっか。ご挨拶に」

◇　◇　◇

「…………………」

手を合わせ終え、オレは目を開ける。

霞《かす》む視界に映ったのは黒峰家の墓石だった。

彩奈と電車に揺られながら霊園に訪れ、オレの家族に会いにきた。

ここに来るのは数年ぶりだ。無意識に、ずっと避けていた。

「………」

オレの隣でしゃがんでいる彩奈は今も手を合わせ、目を閉じている。

……オレも、話すことがたくさんあった。相談事もあった。おじいちゃんたちとの関係だ。おじいちゃんとはこまめに連絡を取り合っている。ただやはり、おばあちゃんのことを考えると、今すぐに彩奈を連れて挨拶に行くのは難しそうだった。

……いつか、挨拶に行ける日がくるといいな。

「……ん」

彩奈も話し終えたらしく、目を開け、すっと立ち上がる。だが赤くなった目は墓石に釘《くぎ》付《づ》けだった。

「……オレの家族、喜んでるよ」

「……………」

「凛空《りく》にはもったいない子だって、笑ってる」

「……………」

適当な発言ではない。たしかに聞こえた。

「彩奈のご両親にも挨拶に行こう」

「うん……」

オレは彩奈の手を優しく握りしめた。

◇　◇　◇

彩奈のご両親が眠る霊園に向かうべく、オレたちは駅まで歩く。

彩奈は口を閉ざしたままで、ずっとうつむいていた。そんな彩奈の手を引きつつ、駅に着いたので電車に乗り込む。オレたちは並んで座席に腰を下ろした。

「……………あぁどうしよ、緊張してきた」

「緊張？　どうして？」

「彩奈のご両親に挨拶するんだ。緊張するよ」

「大丈夫だよリクくん。私のお父さんとお母さんは優しいから」

「えーと……娘さんを……えー……」

声に出しながらセリフの確認に没頭する。

しかし、ふと聞こえた電車内アナウンスで意識が現実に戻った。

「ん……あ、あれ？　こっちの方向……あれ？」

「リクくん？　どうしたの？」

「いや、まさか…………いやいや、ないって。そんなこと、ないって」

嫌な予感がしてスマホを取り出し、路線を調べる。………あ、ああ‼

「彩奈……ごめん」

「え、なに？」

「この電車――逆方向だ」

「………………」

ピタッと彩奈の顔が固まった。この電車に乗り込んだのはオレだ。オレのミス。

怒られ――。

「……ぷっ……あははは！」

「……彩奈？」

「も、もうリクくん！　っ、あははははは！」

彩奈は歯を見せて笑っていた。なんなら涙まで浮かべている。

「彩奈？　電車、逆方向なんですけど……」

「ふっ！　そ、そうだね……逆方向だね………あはは！」

ここが電車内であることも忘れ、彩奈は屈託なく笑っている。

子供のように素直に感情を表し、なにかに縛られることなく笑い続けている。

「ふふっ！　リクくん、変なのー」

「彩奈のご両親に挨拶行くの、遅れるんだけど……」

「大丈夫だよー。私のお父さんとお母さんなら待ってくれ——あはは！」

「…………」

あーあ。笑わせる、というよりは笑われちゃってるけど………。

「ま、いいか」

なんだかオレも楽しい気分になって、口元を綻ばせてしまう。

これが、一番だと思えた。

電車はどこまでも走っていく。

オレたちを、ずっと遠くまで運ぶために——。

No one cared about me,
but she has.
I met her at a convenience store,
then she makes my every day more fun.

# エピローグ

「くらえパパ！　神々の怒り！」

――――――鼻の奥に、激痛が走った。

脳内に火花が散り一瞬で意識が浮上する。パッと目を開け、飛び起きた。

視界に飛び込んできたのは清々《すがすが》しい青空と一面に広がる芝生。レジャーシートに寝転がっているオレを覆うように、瑞々《みずみず》しい緑葉をつけた立木の影が伸びている。

ズキズキとした痛みを鼻の奥に感じつつ、家族でピクニックに来たことを思い出した。

「へへ。パパ、起きた」

「晴太《はるた》……」

そばには悪のボスが装着してそうな仮面とマントに身を包んだ男の子が立っていた。

オレの息子の晴太だ。

先月四歳になったばかりの元気あふれるかわいい息子……なのだが。

「くく……パパの鼻に、神々の怒りを突っ込んだぜ」

不敵に笑った晴太は自分の人差し指を見つめた。

おいまさか、その指をオレの鼻に…………！

「晴太。ちょっと来なさい」

「パパが悪い。ぶーん」

軽く怒ってやろうと思ったが、晴太は両腕を水平に伸ばして遠くに走り出した。

元気だなぁ。見ているだけで楽しい気分になる。

「あはは、今回はリクくんが悪いんじゃないかな。せっかく家族でピクニックに来たのに、気持ちよさそうに寝ちゃうんだから」

「あー……」

レジャーシートに座っているのはオレだけじゃない。

もう一人、黒髪の美人さんがいた。

いつだって明るい笑みを絶やさず、何事も一生懸命にこなす強い女性だ。

そして大きくなったお腹《なか》の中には四人目の家族も……。

「晴太はいつも元気だなぁ。元気すぎる……あの年で中二病になってるし……」

「リクくんの血を濃く継いじゃったのかな」

「オレに中二病だった時期はない…………なかったと思いたい」

「黒歴史は忘れられないよねー」

オレたちは楽しそうに走り回る晴太を微笑《ほほえ》ましく見守る。

しばらくして走り疲れたのか、晴太は息を切らして戻ってきた。

「パパ、この仮面とマント暑い」

「そりゃあ夏だからなぁ。その仮面とマント、真っ黒だし。外す？」

「やだっ。じいじとばあばのプレゼントだもん」

「おじいちゃん戸惑ってたよなぁ。赤色のやつじゃなくて、敵のがいいのか？　ってレジに着いてからも言ってたからなぁ」

「でも、おばあちゃんはノリノリだったよね。敵側の俳優さんの話で、ちょっと盛り上がっちゃった」

「俳優の方か……」

戦隊系に出演される俳優さんは決まってイケメンだ。

子供だけではなく、主婦層からもウケがいいと聞いたことがある。

ほんのちょっとだけジェラシーを感じるな……。

実はおじいちゃんと『俺らも若い頃はあれくらいだったよな？』的な話をちょろっとだけしたことがある。まあオレはまだまだ若いけどもっ。

「パパー。パパはどうして腕時計を両手につけてるの？」

「かっこいいからだ！　晴太もかっこいいと思うだろ？」

「かっこいい！」

オレたちのやり取りを見て、彩奈《あやな》は「遺伝って怖いねー」と楽しそうに微笑んだ。

「パパ！　腕時計ほしい！」

「よしきた！　晴太には銀色の腕時計をあげよう！」

「え、そっちの黒がほしい！」

晴太はオレの右手に巻かれた黒色の腕時計を指さした。

「ごめんな、こっちはママからのプレゼントなんだ。誰にもあげられない」

「…………ん」

不満そうな声を漏らす晴太に、オレは「でもな」と言って得意げな顔を作る。

「この銀色の腕時計は、伝説なんだ」

「伝説？」

「そうだ、伝説。黒峰《くろみね》家で代々受け継がれてきた伝説の腕時計……。オレのおじいちゃんからお父さん、そしてオレの手に渡ってきたんだ。この腕時計は永久不滅なんだぞ」

「す、すげー！　かっちょいい！」

晴太は鼻息を荒くさせ、仮面越しに目をキラキラさせてそうな反応をした。この子、かわいすぎない？　…………でも、もう壊れて針が動かないことは黙っておこう。

「ほしい！　銀色ほしい！」

「ほら、どうぞ」

おじいちゃんからお父さんへ、その後おじいちゃんの手に戻り……オレに託された銀色の腕時計は、こうしてオレの息子に渡った。

「かっちょいい！　うはーっ！」

早速自分の左手に巻き、晴太はその場で飛び跳ねて喜んでいる。

「ふふっ……暗闇の中で鈍く光る伝説の腕時計……！」

と、唐突に怪しく笑うわが息子。……四歳児のセリフじゃないんだよなぁ。

ひとしきり喜んだことで落ち着いたのか、晴太の視線が腕時計から妹に移った。

「ん、早くわが妹とぶーんがしたい」

晴太は靴を脱いでレジャーシートに上がり、彩奈の大きくなったお腹に優しく触れた。

「晴太、もうすぐお兄ちゃんだもんねー」

「うんっ。わが妹は幹部候補、早く会いたい！」

中二病発言に注意するべきか悩む……。でもまだ四歳だし、ごっこ遊びの範囲か。

今は元気よく育ってくれたらいい、と彩奈も言っていた。

「どうしたのパパ？　晴太と私を見て考え事？」

「いや……晴太の元気とママのかわいらしさを堪能《たんのう》していただけ」

そのとき、強めの風が吹いた。オレたちの髪の毛を乱し、晴太の仮面まで吹き上げてしまう。ひゅーっと飛んでいく薄っぺらい仮面……。

「あっ！」

靴を履くことも忘れ、晴太は慌てて仮面を追いかけた。

それを見た彩奈は微笑むような笑顔を浮かべる。

あまりにも普通で、幸せすぎる普通………。

オレも、仮面を追いかける小さな悪のボスを見て笑った。

# あとがき

ここまでお読みいただきありがとうございました。

最後までついてきてくださった読者さんには感謝しかありません。

僕としても好きなように書かせていただいたので、充実した執筆期間を過ごせました。

本当にありがとうございます。

最終巻のあとがきなので、ちょっとした裏話を……。

書籍化する前の話ですが、なにも考えず、勢いに任せて書いていました。

どれくらい考えていなかったかというと、数行先の展開も考えずに書いていました。

どんなキャラクターが登場するかも考えていなかったです。もちろん名前も考えていませんでした。勢いで書いていると、陽乃《はるの》や門戸《もんど》さんといった人たちが勝手に登場し、かけあいと地の文を書いている途中に「この子、名前どうしようかなー」と考え、三秒くらいで思いついた名前（もしくは別作品で没にしたキャラ名）を放り込んでいました。

そのなごりが書籍にのこっています。陽乃のことですね。

陽乃は登場するまで「幼馴染《おさななじみ》」としか呼ばれていません。

登場時に名前を考えて決めたからですね。

序盤では伏線というか布石的な要素をちりばめていますが、あれらもその場の勢いで書いただけで、どのような展開につながるか考えていなかったわけです。

あとになって「あーあんなこと書いたなー。ならこういう展開につなげたら面白そう」みたいなノリで展開を積み重ねていました。

当たり前ですが、担当編集者さんには勢いで書いていたことがバレていたようです。

そりゃそうだ。プロの目は誤魔化せない。

そんな作品が、ここまでこられたのは、皆様のおかげです。

担当編集者さん、本当に感謝しております。ありがとうございます。初めの頃の打ち合わせで、陽乃をベジータみたいにしてほしいと力説されたことは一生忘れません。

なかむら先生、僕……ファンになりました。なかむら先生にイラストを描いてほしくて頑張ってた部分もありました。これからも応援しております。

本書の制作に関わってくださった方にも感謝の気持ちを。

そしてこの本を手にしているあなたへ一番のありがとうを！

以上‼

お便りはこちらまで

〒一〇二-八一七七
ファンタジア文庫編集部気付
あボーン（様）宛
なかむら（様）宛

富士見ファンタジア文庫

# コンビニ強盗《ごうとう》から助《たす》けた地味店員《じみてんいん》が、同《おな》じクラスのうぶで可愛《かわい》いギャルだった3

令和4年12月20日　初版発行

著者――あボーン

発行者――山下直久

発　行――株式会社KADOKAWA
〒102-8177
東京都千代田区富士見2-13-3
0570-002-301（ナビダイヤル）

印刷所――株式会社暁印刷

製本所――本間製本株式会社



ISBN978-4-04-074730-9 C0193　◇◇◇

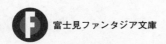